Francesc Miralles

Barcelona Blues

EDICIONES OBELISCO

books4pocket

BARCELONA BLUES
Colección: Narrativa

Primera edición: marzo de 2012

Fotocomposición: *Books4pocket*
Diseño de cubierta: *Enrique Iborra*

www.francescmiralles.com
www.edicionesobelisco.com
www.books4pocket.com

ISBN: 978-84-15139-42-3
Depósito Legal: B-4286-2012

Printed in Spain

Impreso en España en los talleres gráficos de Novoprint
Energía, 53 – 08740 Sant Andreu de la Barca (Barcelona)

La chica de la maleta

1

A partir de cierta edad, la vida de un hombre solo adquiere ritmo de blues. Se van repitiendo las mismas escenas, los tres acordes que conforman una rutina, y lo peor es que es difícil cambiar de canción. Uno se acostumbra a vivir de cualquier manera y va tarareando su existencia con la esperanza de salirse del blues. Y se sale, vaya si se sale: un día el tocadiscos deja de girar y, «cloc», vas a la tumba.

2

Ya hace tiempo que estoy en fase de inventario. Creo que era Kavafis quien decía que para construir una casa nueva hay que derribar la vieja. El problema, en mi caso, es que a mis cincuenta años he dinamitado el viejo hogar sin tener ni idea de lo que quiero construir en su sitio.

Las cosas como sean: tengo una hija adorable que trae de cabeza a los mequetrefes de su instituto. No es exactamente guapa –por algo soy yo su padre–, pero sabe hablar y de tácticas de seducción controla mucho más que yo. Vive con mi exmujer hace más de seis años y nos vemos de uvas a peras. Cuando me dice que soy un viejo rockero de la vida, yo le pregunto: «¿Y qué tienes contra los viejos rockeros?».

Pero volvamos al inventario. Veamos qué tenemos: cincuenta años mal llevados, mi empleo de editor, un apartamento vacío de mi propiedad –el apartamento y el vacío–, algún conocido, soledad endémica. Más allá de estas míseras posesiones, no nos engañemos, sólo quedan preguntas.

3

Nadie entiende por qué trabajo siete días por semana. Yo tampoco, aunque siempre diga a mis colaboradores que «para mí cada día es domingo».

El fin de semana, la editorial está desierta a excepción del guardia de seguridad y un servidor, que acude a la redacción a escuchar música clásica y mover algún que otro papel. No hay una razón que justifique mi presencia en el edificio, aparte de la angustia que me produce mi pisito de divorciado los días festivos.

Esto explica en parte lo que me sucedió la segunda semana de agosto, cuando volvía de la redacción pese a estar de vacaciones.

4

Para regresar a casa siempre hago la misma ruta: subo por General Mitre, giro en Muntaner y luego me desvío por la plaza Boston hasta mi domicilio en calle Copèrnic. He hecho tantas veces este camino que podría conducir con los ojos cerrados.

Pero aquel sábado de agosto la ausencia de transeúntes era tal que –por curiosidad malsana– iba buscando qué otros infelices se habían quedado en la ciudad. En la radio sonaba el Strange fruit de Billie Holiday, una de estas canciones que duelen en lo más hondo. Y entonces la vi: una mujer de unos treinta años sentada en el banco de la plazoleta. A sus pies tenía una voluminosa maleta.

Estaba casi seguro de que no era del barrio –hay algo rancio y recatado que distingue a las treintañeras de Sant Gervasi–. Pero lo que más me extrañó fue que estuviera esperando –porque su actitud era de espera– con esa maleta enorme justamente en la plaza Boston, donde no pasa un mal taxi, y mucho menos autobuses.

Dicen que quien no tiene vida propia fantasea con la de los demás. Así que dediqué el resto del trayecto a hacer suposiciones sobre la chica, hasta que un camión me bloqueó el camino y maldije mi suerte por tener que asistir –en una calle de tercer orden– a la única mudanza de Barcelona aquella tarde de agosto.

5

Después de una cena precocinada, me tumbé en la cama a hojear una novela. No recuerdo quién me la había regalado; lo que está claro es que yo nunca compraría un libro titulado *Gutiérrez a secas*.

Pero la historia tiene su gracia: Gutiérrez es un escritor a sueldo –como los que trabajan para mí– que entrega al malvado Marabini, su editor, una obra cada dos semanas: novelitas del oeste, horóscopos, manuales de autoayuda... Gutiérrez vive solo –como yo– y cumple escrupulosamente con el plazo de cada entrega, tras la cual se premia con «un buen vaso de leche».

No puedo imaginar nada más deprimente que un hombre solo apurando su vaso de leche mientras mira la pared. Pues bien, Gutiérrez no bebe otra cosa, y cuando no está escribiendo o entregando lo que le ordenan, da vueltas alrededor del edificio de la editorial. Busca el lugar secreto, el centro de poder donde se ocultan los correctores, seres de la cripta cuya identidad no debe ser desvelada.

Tras leer unas veinte páginas, dejé el libro a un lado. Un fuerte dolor comenzaba a instalarse en mi cabeza. «Sigue con lo tuyo, Gutiérrez –me dije para mis adentros–, yo voy a dormir».

6

Al despertar comprobé que la migraña se había reforzado. Tal vez una aspirina con un café bien cargado sería la solución. Pero como suele suceder en estos casos, no quedaba una sola aspirina en casa.

Me vestí rápidamente y, tras refrescarme la cara, salí con la cartera dispuesto a tragarme la aspirina en la misma farmacia. «Por suerte –pensé– sólo hay una persona». Pero había subestimado lo que puede dar de sí una ancianita parlanchina con mil recetas de la seguridad social. Mientras la vieja le daba al pico entre receta y receta, yo sentía que mi cabeza iba a explotar. Llevaba así casi diez minutos cuando, maldiciendo a la viejecita, salí corriendo en busca de otra farmacia.

7

Pasé la mañana y el mediodía revisando un libro con el poco sugestivo título de *Cúrate en tu casa*. Hasta llegar a mi mesa, aquella obra había seguido un largo y doloroso camino, y ahora era difícil depurar responsabilidades.

Yo mismo cometí el primer error, al comprar en una librería de Londres un libro de salud natural que resultó ser un fiasco. Luego vino un traductor borde que lo acabó de estropear. Como el original era pésimo, decidí que no valía la pena comprar los derechos, y encargué a un escritor todoterreno –una especie de Gutiérrez– que redactara un libro nuevo a partir de ahí. Al hombre le urgía cobrar, así que apareció veinte días después con un manuscrito infumable, tan malo como el original o peor. Por desgracia, no tuve tiempo de mirármelo y lo di a maquetar dándolo por bueno. Al flojísimo texto le vino como anillo al dedo una maquetación de principiante que lo acabó de dejar hecho unos zorros. Luego le tocó el turno a una correctora, que como se iba de vacaciones devolvió el libro tal como vino al mundo. Y aquí tienes a Ricardo, en pleno mes de agosto, luchando a brazo partido para convertir ese cúmulo de despropósitos en una de nuestras novedades de septiembre.

Lo mismo sucedió cuando, después de lo de Hiroshima, un periodista quiso encontrar a los artífices de la bomba atómica. Ninguno de los eslabones de la cadena quiso aceptar responsabilidad alguna sobre la masacre: «Yo solamente hice el corpus teórico»; «Me limité a organizar la extracción del uranio»; «Mi trabajo empieza y acaba en el laboratorio», «Mire, yo sólo soy el piloto». Y yo digo: sí, de acuerdo, ¡pero la bomba estalla!

8

Ese jueves acabé un poco antes de lo acostumbrado. Aún no eran las cinco cuando salía del garaje, dispuesto a cruzar las calles desiertas con una estimulante banda sonora: la antología de J. J. Cale. Esa música se hizo para ir en coche, cuanto más lejos mejor. Pero mi apartamento se halla apenas a dos kilómetros de la editorial, y sólo tuve tiempo de escuchar «You call me breeze».

Iba silbando inocentemente cuando, al entrar por la plaza Boston, volví a ver a la misma chica con la maleta a sus pies. Reduje la marcha mientras pensaba cómo podía ser que llevara allí veinticuatro horas, tal vez más.

Al pasar por su lado, me detuve y saqué la cabeza por la ventanilla.

—¿Estás bien? –pregunté.

—Depende de lo que sea estar bien –contestó algo bruscamente.

—¿Quieres que te acerque a algún sitio?

—La verdad es que no tengo adonde ir.

Esto último me descolocó bastante, porque su aspecto no era el de alguien que vive en la calle. Tendría unos treinta y pocos años, y llevaba un bonito vestido de algodón y bambas rojas.

—¿Necesitas algo?

Me miró fijamente, como para valorar mi grado de peligrosidad.

—Ya que insistes, no me vendría mal lavar ropa. –Y señaló la maleta.

—Entonces sube.

9

«Ésta me ha tomado por un taxista», me dije al ver que se acomodaba en el asiento de atrás. Pero no me molestó. De hecho, así podía estudiarla mejor a través del retrovisor. Observé que tenía los ojos brillantes y una tez extremadamente blanca, que contrastaba el pelo negro y rizado. «No es una colgada», me dije. Acto seguido, me atreví a preguntarle:

—¿De dónde sales, tú?

—¿Y a ti que te importa?

«Una chica dura», pensé. Tal vez esté mal decirlo, pero lo cierto es que empezaba a pasarlo bien.

—Mi novio me ha dejado tirada –dijo en tono conciliador.

—¿Ah sí? –fue toda mi respuesta.

—Pero no tengo ganas de hablar de eso.

El silencio puede ser muy incómodo entre personas que no se conocen –como pasa en los ascensores–, así que J. J. Cale nos obsequió con un ritmo burlón hasta la puerta de casa.

10

Soy un tímido hablador. Aunque parezca una contradicción, no lo es: precisamente porque me siento inseguro, enseguida trato de romper el hielo diciendo alguna tontería, la que sea. Pero esta vez me contuve, quizá porque la situación era totalmente inusual.

—¿Cómo te llamas? –fue lo único que le pregunté mientras entrábamos en mi apartamento.

—Helena.

Dicho esto, abrió la maleta y empezó a separar las prendas blancas de las de color sin prisas, como si hacer la colada en casa de un extraño fuera lo más normal del mundo.

Tras indicarle donde estaba la lavadora, me senté delante del ordenador con el archivo del *Cúrate en tu casa*. Mi intención era ultimar el documento aquella misma tarde. Puede parecer absurdo dedicarse a algo así cuando hay una joven desconocida en el piso, pero la pantalla del ordenador me servía de parapeto desde donde lanzar miradas furtivas a lo que ella hacía.

Visto desde fuera, se podría pensar que yo era un viejo verde que pretendía aprovecharse de una desgraciada. Para desterrar esa impresión, me puse al trabajo con ímpetu. Mientras aporreaba el teclado del portátil «clic, clic, clic» podía advertir como la chica me observaba desde el sofá con curiosidad.

Aquélla era una escena extrañamente cotidiana para dos desconocidos. Tal vez por eso, la tal Helena me preguntó:

—¿Puedo utilizar la ducha?

—Toda tuya.

11

Había olvidado lo excitante que puede ser el ruido del agua, cuando se sabe que hay una mujer desnuda bajo la ducha. Yo había perdido definitivamente el hilo del *Cúrate en tu casa* y me preguntaba cosas como: «¿Qué pensaría mi hija si viera que he metido a una extraña en el apartamento?».

A decir verdad, yo tampoco acababa de entender qué hacía esa Helena duchándose, mientras su ropa interior daba vueltas en la secadora. Sin embargo, debo reconocerlo, era una sensación dulce: como si hubiera retrocedido a mis tiempos de editor en ciernes, cuando improvisaba una vida saltando de un sueño al siguiente.

Fue ese mismo entusiasmo recuperado el que hizo que, cuando salió de la ducha envuelta en una toalla, le preguntara:

—¿Tienes hambre?

—Un poco.

—Te invito a cenar fuera.

12

Había elegido un restaurante italiano de la zona alta, no por impresionarla sino porque tienen platos vegetarianos, que es lo único que tolera mi estómago.

Fingí distracción mientras Helena se vestía para salir. «Ahora sería el momento idóneo para encender un cigarrillo –pensé–, el único problema es que no he fumado en mi vida».

Entonces se abrió la puerta y ella entró en la salita con paso triunfal, vestida con un suéter con motivos chinos –que de tan ajustado parecía una calcomanía– y una minifalda de lino que dejaba ver sus bragas color azul. Las bambas rojas seguían en su sitio.

—¿Voy bien así? –me preguntó con falsa inocencia.

—Oh, sí –contesté ruborizado, y me dirigí hacia la puerta invitándola a seguirme.

El cambio de indumentaria parecía haber transformado también su humor, ya que abandonó el papel de mujer arisca para pasar a otra cosa. Y no sé a qué me refiero exactamente con lo de «otra cosa».

Esta súbita mutación se hizo evidente al llegar al coche, que Helena parecía ver por primera vez:

—No conozco este modelo. ¿Es nuevo?

—Sí, me lo dieron hace una semana. Bueno, no me lo dieron, tuve que pagarlo.

Acogió con una risita mi comentario y, antes de que pudiera pestañear, ya se había metido en el vehículo; esta vez en el asiento de delante.

—Así que te gustan los coches –dijo ella mientras se miraba en el espejo abatible.

—No mucho, en realidad. Los últimos diez años he llevado un todoterreno gigantesco. Algunos pensaban que conducía ese monstruo para disimular que soy bajito. Pero se equivocan: cuanto más grande es el coche, más pequeño pareces. De hecho, me enseñaron una foto en la que parecía un niño que juega a ser conductor. Pero eso nunca ha supuesto un problema para mí. Ya sabes el lema de la vida simple: menos es más.

—«Menos es más» –repitió maquinalmente, pero sin saber a qué me estaba refiriendo.

—El mes pasado empezó a chochear. La reparación costaba una fortuna, así que pensé que era hora de comprarme otro, probablemente el último. Pensé, ¿qué me queda de vida útil? ¿Diez años, doce? Creo que con éste me llega.

13

El restaurante estaba vacío, y los camareros apenas pudieron disimular su fastidio al vernos entrar. El chef nos acompañó a la mejor mesa. Al parecer, el plato del día era «pajaritos a la toscana», sugerencia que decliné amablemente.

Pedimos un par de ensaladas, agua mineral y una botella de vino, que se bebió íntegramente mi acompañante, porque yo soy abstemio. Con el segundo plato llegaron las confidencias y también las preguntas:

—¿Estás casado?

—Ya no.

—Entonces, lo estuviste.

—Hace tres años que me divorcié, aunque llevábamos seis viviendo separados, y diez sin ponernos la mano encima.

—¿Y a qué te dedicas?

—Esto es un interrogatorio en toda regla –protesté.

—En otra vida fui comisario de policía –rió ella.

—¿Así que crees en la reencarnación?

—¡Pues claro! Sería muy aburrido morirse y que no hubiera nada más.

«Esta chica empieza a gustarme », me dije. Y acto seguido le resumí mi actividad de editor de libros de salud, que no pareció entusiasmarla.

—¿Cómo te metiste en este oficio? –preguntó.

—Por casualidad. Empecé trabajando en una revista a principios de los setenta. Yo llevaba la sección «Qué hacemos el domingo», en la que proponía una excursión cada semana. Tenía que detallar las carreteras y todo eso. Los lectores siempre escribían a la redacción diciendo que se habían perdido.

—Por lo tanto eras periodista.

—Yo no diría eso.

—¿Qué hacías entonces en esa revista?

—Hacía de Ricardo. No sé hacer otra cosa.

14

Después de las secciones «Quién es ella» y «Cuál es tu profesión», tocó hablar de «Cómo es él» mientras conducía de regreso a casa. Para entonces, Helena estaba ya considerablemente borracha y apoyaba la cabeza sobre mi hombro.

—Mi novio me echó de casa después de una bronca de campeonato.

—¿Y de qué iba la cosa?

—Eso es lo de menos. Bien mirado era una tontería. El caso es que metí mis cosas en la maleta y me largué. Hice autostop, y un camión se ofreció a llevarme a Barcelona. Me dejó ahí donde me encontraste.

—Háblame de tu novio.

—Es filósofo.

—¿De veras?

—Sí, se ha licenciado en Filosofía.

—Eso no es lo mismo que ser filósofo.

—¿Ah no?

—Muchos son los llamados, pocos los elegidos –dije, recurriendo a mi arsenal de aforismos.

—De todas maneras –siguió ella–, ya no estoy segura de que me guste.

15

Mientras subíamos las escaleras de casa, yo pensaba: «Has lavado ropa, te has duchado y hemos cenado en el italiano. Ya has hecho todo lo que querías hacer. Ahora sólo te queda robarme o que nos metamos en la cama».

De joven fui algo parecido a un obseso sexual. Aunque no tenía aptitudes para el dibujo, me inscribí en una escuela de pintura porque venían chicas a posar desnudas. Luego se ha demostrado que cuando tengo una ocasión, soy incapaz de aprovecharme.

Aquélla era una buena ocasión, y parecía que Helena quería ponerme las cosas fáciles. Sin embargo, cuando la acompañé a su habitación, ocurrió algo que me quitó esa idea de la cabeza. Ella me había dado la espalda mientras se arrancaba el suéter que, como he dicho, parecía una segunda piel.

La falda cayó al suelo y Helena quedó en ropa interior: un conjunto de licra azul –más bien barato– que se adhería a un cuerpo mucho más esbelto de lo que cabía imaginar. Se quedó inmóvil un instante; probablemente esperaba que me acercara por detrás e hiciera algo: acariciarle los hombros, besarle la espalda, o liberar el cierre del sujetador para después ensañarme con sus pechos.

Pero nada de eso sucedió, porque mi mirada aterrizó en sus pies y entonces advertí que tenía los calcetines llenos de agujeros. De uno de ellos asomaba el talón, mientras el otro calcetín mostraba tantas perforaciones que parecía que lo hubieran roído los ratones.

El hecho de haber metido esos calcetines miserables en mi lavadora demostraba que la chica no tenía absolutamente nada; había llegado a mí como un perro perdido. No tenía donde caerse muerta y ahora se sentía obligada a retribuirme con su cuerpo.

—Métete en la cama, vas a coger frío.

La muchacha pareció acoger esa orden con sorpresa, pero se acostó obedientemente. Una vez debajo de las mantas, se quedó mirándome muy fijo, como si no lograra clasificarme, encontrar mi especie dentro de la fauna de hombres solos. Tal vez esperaba que le contara algo, qué sé yo. Pero un sentimiento amargo se había apoderado de mí y no tenía ganas de hablar.

Le di un beso en la frente y, tras apagar la luz, dije:

—Buenas noches.

16

En el despacho empezó mi enésimo asalto contra el *Cúrate en tu casa*. Era urgente reformar los recuadros con consejos prácticos, que el redactor había fusilado sin pudor de un manual muy conocido.

Un viernes normal no me hubiera podido dedicar a eso por el habitual aluvión de visitas. Habría delegado el trabajo en alguno de los editores júnior, que así es como se llaman los peones de la edición. Pero todo el mundo estaba de vacaciones menos yo, que tecleaba alegremente en la redacción desierta.

«Si ha de surgir algo, ya se verá» me decía mientras reescribía un recuadro sobre las friegas de cebolla. «Desde que se acabó lo de mi matrimonio, he cometido muchos pequeños errores con las mujeres. Ahora quiero equivocarme de verdad».

Una franja de sol atravesaba la persiana iluminando un papelito sobre mi mesa: las nueve cifras del móvil de Helena. Por la mañana le había dicho «Puedes quedarte a vivir unas semanas hasta que encuentres algo». Ella había aceptado y me había dado ese papelito, «Así sabrás siempre dónde estoy», para cerrar nuestro pacto.

Antes de salir por la puerta, Helena me había preguntado sonriente: «Dime algo que pueda hacer por ti mientras trabajas». Entonces busqué un billete de veinte en mi bolsillo y lo puse sobre la mesa: «Cómprate unos calcetines».

17

Al volver, encontré que mi guarida había sufrido una considerable trasformación. Olía a lavanda, los libros y papeles habían sido cuidadosamente apilados en una estantería, y una planta recién llegada doblaba sus grandes hojas frente a la ventana. Antes de que pudiera decir «¿Qué ha pasado aquí?», unos brazos me rodearon por detrás y recibí un beso en la mejilla.

—¿Te gustan las mejoras?

Me quedé atónito. En sólo veinticuatro horas parecía haber pasado del régimen monástico a una vida doméstica de lo más convencional. Y lo peor era que me gustaba.

—Por supuesto –dije mientras me sentaba en el sofá–, pero no te dije que te quedaras para hacer de maruja.

—No soy una maruja. Lo he hecho sólo para hacerte un favor. Además, me aburría.

—¿De verdad?

—Pues claro, ¿cómo es que no tienes televisor?

—Estoy en huelga contra los televisores.

—¿Desde cuándo?

—Desde hace veinte años.

—¿Sabes que eres un bicho raro?

—Un mal bicho, decía mi madre.

18

La tarde trascurrió entre risas y valses. Los valses los ponía Helena en el equipo de música. Para mi desgracia, había encontrado un horrendo CD –regalo navideño de una ilustradora– que yo había ocultado hábilmente detrás de un jarrón.

Odio los valses, me recuerdan cuando de pequeño toda la familia miraba por la tele el baile de Año Nuevo. Pero esta vez era distinto. En lugar de parientes plomizos, tenía una atractiva mujer que me enseñaba cómo preparar un *risotto*. Mientras me pasaba los ingredientes al compás de la música, le pregunté:

—¿Cómo es que estás tan alegre?

—Hoy es hoy –fue toda su respuesta.

Durante la cena logré que, en lugar de los apolillados síncopes de Strauss, sonara una grabación de soul de los cincuenta. Hay que ser fiel a los principios de uno. No había vino, pero la conversación trascurrió en un ambiente de cálida complicidad.

«Ayer no la conocía –pensaba–, y hoy nos comportamos como íntimos. Y sin embargo, no tenemos nada en común. Dos extremos que se tocan».

Para reforzar este pensamiento puse mi mano sobre la suya. Acogió mi gesto con una leve sonrisa, que yo interpreté como luz verde para llevarme la mano a los labios. La tibia suavidad de su piel me hizo estremecer. Había olvidado ya lo que puede despertar una caricia.

Helena había dejado de sonreír y me miraba con cierta melancolía. Con el sabor de su piel aún en los labios, acerqué mi rostro al suyo y atrapé un mechón de sus cabellos, que se estiraba entre mis dedos para volver a rizarse. Antes de que emprendiera un tercer y definitivo avance, me detuvo con suavidad:

—Todavía no.

—Lo siento –dije batiéndome en retirada.

—Es mejor que vayamos despacio. Quiero compartir muchas cosas contigo, pero antes deja que se cierren las heridas, ¿vale?

19

«Eres un ingenuo y un cabeza de chorlito. Metes a esa mujer en tu casa así a la ligera. ¿Para esto esperaste cuatro años a que te dieran el divorcio? ¿...para complicarte la existencia a las primeras de cambio? ¿Y si luego no se quiere ir? ¿Qué harás entonces, eh?».

Eso me decía el sentido común, mientras el poso romántico que sobrevive en mí dibujaba algo muy distinto.

«Con lo bien que se está solo –me repetía–. Bueno, ya está bien de monsergas».

Y entonces hice algo totalmente inesperado, aunque era yo quien lo hacía. Como si me hubieran abducido, aparqué delante de una tienda de electrodomésticos y salí del coche como un autómata sin voluntad propia. Una vez dentro, me sorprendí a mí mismo diciendo:

—¿Qué precio tiene el televisor del escaparate?

20

Mientras subía el mamotreto por la escalera, pensaba en qué diría mi hija si me viera entrando «eso» en casa. No daría crédito a sus ojos. Y si supiera que el móvil del asunto era una mujer veinte años más joven que yo, y que lo del televisor era una excusa para apretujarme con ella en el sofá, entonces se moriría de la risa.

«¡Qué pasa! –le contestaría yo–. ¿Es que nunca te han pasado el brazo por el hombro o qué?». Y ella me respondería con su frase favorita: «Papá, eres patético». A punto de coronar exhausto el tercer y último piso, seguía conversando con el fantasma de mi hija: «¿Crees que soy un tonto? Pues mira, por una vez te voy a dar la razón». Y la farsa acabó ahí, pues al abrir la puerta encontré el apartamento a oscuras y supe que algo iba mal.

«Me ha desvalijado el piso» fue mi primer pensamiento. Pero no era eso, en realidad había ocurrido algo mucho más terrible. Encendí la luz y vi que todo estaba en su sitio. Olía a limpio como el día anterior. Sobre la mesa del comedor había medio folio con la letra de ella –no podía ser otra– y el juego de llaves que le había prestado.

Dejé el televisor en el suelo y avancé hacia la nota asustado y sin aliento. Apartando el jarrón que hacía de pisapapeles, me puse a leer:

Querido Ricardo,

Siento marcharme de esta manera después de todo lo que has hecho por mí. Hoy me ha llamado Miguel, quiere volver. Estaba desesperado, arrepentido y no sé cuántas cosas más. Le dije que estaba en Barcelona y lo ha dejado todo para venir a buscarme.

Por favor, no me odies ni le odies a él. Es un buen chico. Aunque no te conoce, te está muy agradecido por haberme cuidado estos días.

Me hubiera gustado despedirme personalmente, pero no habría sabido cómo hacerlo. Es mejor así. Sé que esperabas otra cosa. Te he decepcionado y lo siento de verdad. ¿Recuerdas cuando hablamos de la reencarnación? Pues bien, quiero que sepas algo: si tuviera una segunda vida, te la dedicaría a ti.

Un beso,
Helena

21

Lo primero que hice al llegar a la redacción fue tirar a la basura el *Cúrate en tu casa.* Sin más. De repente lo había entendido: tenía que hacerlo nuevo.

Con los ojos húmedos pero la mente clara, repasé el plan editorial de otoño con el rotulador en la mano a modo de bisturí. Me cargué sin piedad dos títulos de un cocinero naturista que flojeaban. «A este tío no se le puede encargar nada más» dije implacable, y los taché con saña.

«Este plan editorial necesita aire, aire de verdad. ¿Cómo vamos a contratar títulos en Fráncfort si tengo el catálogo copado de porquería? Lo dicho: aire».

Me levanté a abrir la ventana. Quien necesitaba aire era yo.

22

Volví a pasar por la plaza Boston con la débil esperanza de encontrarla. Tal vez la situación no se había arreglado tan fácilmente como ella suponía. Quizá no se habían puesto de acuerdo, o habían iniciado otra pelea. Pero la lógica aplastante de los hechos era que Helena no estaba allí.

Pasaron los días, y cada vez que transitaba por el lugar no podía evitar buscarla con los ojos. Sabía que la chica no estaba, pero siempre cabía la remota posibilidad de que volviera. Nunca me había dado cuenta de lo vacía que está esa plaza.

23

«Yo conozco los domingos por la tarde...» cantaba mientras volvía de la oficina. Había escrito esa canción a los veinte años para nuestra banda, Los Perros Verdes. Yo hacía las letras –como Lennon– y tocaba la pandereta; nunca he tenido demasiado oído para la música. Los Perros Verdes tuvieron una vida corta y modesta: alcanzamos nuestro cénit en La Cova del Drac, donde teloneamos a Guillem de Fach –un negro mallorquín que cantaba blues–, toda una atracción entonces. A partir de ahí, la cosa fue de bajada.

«Yo conozco los domingos por la tarde...» tarareaba al entrar en el piso, que había vuelto a su antigua dejadez. Solté la cartera y me quedé mirando ese objeto indecente que presidía el comedor hacía días. «Qué bien se está solo» me dije sin convicción, y puse la tele por primera vez en veinte años.

Después de tres rondas de *zapping*, lo dejé en lo que parecía un debate. Dos curas discutían con un periodista y un geriatra sobre si hay que obligar al papa a jubilarse. El público votaba «Sí» o «No» desde casa.

—¡No aguanto más! –protesté en voz alta mientras apagaba el televisor.

Y esa frase resonó en el vacío. Un vacío que por primera vez me incomodaba.

Había que actuar: bajé inmediatamente el televisor a la calle y volví al apartamento dando zancadas. Entonces me sentí algo mejor.

Tras unos segundos indeciso, de pie en el salón como un espantapájaros, decidí recogerme en el dormitorio. Aún era pronto. En la mesilla me esperaba –casi diría con rencor– el libro que había abandonado hacía días, el del escritor a sueldo. Lo tomé en mis manos y sentí un leve aguijonazo en la boca del estómago, como de veneno amargo.

Me dejé caer en la cama mientras me decía: «Vamos a ver qué hace Gutiérrez».

24

Algún día comenzaré a dudar que todo eso haya sucedido. En la cumbre de la senectud, recordaré aquellos dos días como la historia de amor más sutil de mi vida. «Sutil», ésa es la palabra justa, porque no pasó nada de nada.

«Si tuviera una segunda vida…», bonita excusa. Qué cómodo es apostar lo que no tienes. Es como si yo dijera: «Si me toca la primitiva te regalo un castillo», y me quedo tan ancho.

Mañana vuelve el personal de vacaciones. Irán pasando uno detrás de otro y me contarán dónde han estado; los he acostumbrado a estas confianzas. Yo les diré que no he dejado de ir un solo día a la editorial. Tal vez cambie el «cada día es domingo» por «cada mes es agosto».

Aunque la verdad es que septiembre ya asoma, y me preocupa que con la caída de las hojas pierda el poco pelo que me queda. Espero que no se me caiga el alma a los pies.

Pero volvamos a lo de la reencarnación. Qué idea más absurda. ¿Para eso te pasas la vida temiendo a la muerte? Ni hablar. En la próxima vida, si me dejan elegir, no quiero renacer en otro humano para venir a sufrirla. Ni siquiera en animal o planta, no estoy de humor para eso.

Si he de reencarnarme, prefiero hacerlo en una piedra monda y lironda, que haga tropezar a los transeúntes al borde del camino. Tengo una cosa muy clara: escogeré ser feliz.

Interferencias

1

Hay quien tiene pánico a la oscuridad, a la sangre, o a viajar en metro. Yo tengo miedo al futuro. Siempre he pensado que acabaré mis días revolviendo contenedores.

Recuerdo que mi abuelo, cuando veía a alguien recoger cartones por la calle, me decía: «Cada uno se defiende como puede». No sé cuál va a ser mi defensa cuando me falten las fuerzas y nadie me respete.

Me aterra llegar a viejo con los deberes sin hacer. Tener las mismas preguntas en el umbral de la muerte. Por eso nunca me he hecho un plan de pensiones. Para mí equivaldría a aceptar que voy a ser un anciano inútil, que paga a su cuidadora filipina con los ahorros de una vida.

No es ése el final que yo he imaginado para mi película. Bien pensado, prefiero lo de los contenedores.

2

¿Qué es un editor? Me han hecho esta pregunta cientos de veces. Es, en cualquier caso, el peor enemigo del autor.

La relación entre ambos sigue un itinerario prefijado. Al principio, el escritor ama al editor que va a alimentar su ego publicándole el libro. En el proceso de edición surgen ya las primeras diferencias. El autor no está de acuerdo con las correcciones, ni con el cuerpo de letra –que es demasiado pequeña para tamaña obra–, ni con la foto de cubierta.

Las fricciones se agudizan cuando el libro sale de imprenta. El escritor dirá que la tirada es demasiado corta, y la distribución mala, malísima, porque la obra no se encuentra en ningún sitio. Si el libro se estrella, no será por culpa de él, que es un genio, sino del editor que ha dejado escapar el *best-seller* de su vida. Sólo entonces el editor habrá completado la amarga distancia que separa al genio de mente preclara del inútil boicoteador.

La cosa viene de lejos. Hace tres siglos, Goethe ya se refería a su editor –que entonces era el mismo impresor– con estas palabras: «Todos los editores son hijos del diablo. Debería haber un infierno especial para ellos».

Pero en este caso hay que darle la razón a Goethe, ya que al fin y al cabo del impresor, nadie se acuerda.

3

Con la Feria de Fráncfort pisándome los talones, en mi mesa comenzaban a aterrizar las propuestas más peregrinas. De nada sirve recalcar a los agentes literarios que sólo publicamos libros inspiradores y de salud. Ellos activan el volquete y se quedan tan anchos.

La criba empezó por un paquete que contenía dos libros de divulgación. El primero de ellos era *Jurisprudencia sobre perros.* El segundo, *Comportamiento de la perdiz roja (Alectoris rufa) ante depredadores aéreos y terrestres.*

Me desembaracé de los perros y de la perdiz roja para abrir un segundo paquete. Éste era de Paco Amalfi, rey del aforismo, que atacaba de nuevo con un libro para motivar a ejecutivos: *Reflexiones magníficas.*

Su última antología no se había vendido nada y ahora volvía con más de lo mismo. Al hojearlo entendí claramente que Amalfi había ensamblado el libro con los restos de su anterior *El Tao de la empresa*. Leí una cita al azar: «Las excusas después de un trabajo mal hecho son un crimen y un hurto».

«Al infierno con él», pensé.

4

A media mañana entró Odelia, nuestra fiel secretaria y coordinadora. Esa chica es puro aire fresco en una redacción donde imperan las malas caras y el tedio sin disimulo.

Cuando Odelia me explica algo, abre mucho lo ojos para dar cabida al entusiasmo. Pero hay otro motivo por el que me gusta: tiene buen paladar para la música, y eso es todo un aliciente en los tiempos que corren.

A falta de algo más excitante, entre nosotros se ha establecido una complicidad en lo musical. Con eso quiero decir que intercambiamos discos: yo le paso viejas glorias y ella a mí descubrimientos de última hora.

Esa mañana le tocaba mover ficha a ella, que dejó sobre la mesa el CD de una tal Carla Bruni.

—¿Quién es? –le pregunté.

—Una modelo francesa reconvertida a cantante.

—Tiene mal pronóstico.

—Tú escúchala. Ya me dirás.

Después de este pequeño ritual fuera del guión, había que atender los presupuestos y una polémica que enfrentaba al departamento de marketing con el de ventas.

—¿Han enterrado ya el hacha de guerra? –preguntó Odelia con media sonrisa.

—Todavía no. Pero no me preocupa: son problemas de serie B.

—Son los más engorrosos.

—No, los hay también de serie C. Ésos son aún peores.

5

Puse la caja del CD en el salpicadero del coche para que me alegrara la vista. Prefiero ver una cara bonita que una virgen de latón o una foto rancia con el lema «NO CORRAS, PAPÁ».

Título del disco y de la primera canción: *Quelqu'un m'a dit*. Es perfecto porque no dice absolutamente nada. Adelante con ella.

De entrada me sorprendió la voz grave y quebradiza. «Esta chica tiene talento», me dije. Mientras conducía me abandoné a aquella canción renqueante, que fue rompiendo mis resistencias hasta envolverme en una suave melancolía.

Al detenerme en un semáforo, aproveché para mirar el interior de la carátula. Una modelo guapísima que compone, toca la guitarra y tiene una voz sensual a punto de romperse. Yo soy feo, canto mal y a nadie le importa que me rompa la voz o la crisma. ¿Quién quiere escuchar mi canción?

6

Un día más, en el buzón no encontré cartas de amor. Para compensar había llegado la factura del teléfono móvil. Como siempre, me pareció desorbitada.

Éste es un gasto que tenía mucho más controlado cuando usaba el sistema prepago. El motivo por el que dejé de rascar tarjetas de plástico puede parecer estúpido, pero es así: me producía angustia ver como el saldo que había introducido se iba agotando, como la vida. Ahora con las facturas es todo más incierto, pero ¿es que alguien sabe el saldo de horas, días o años que le quedan?

Nada más entrar, vi el contestador que parpadeaba y supe que no iba a quedarme mucho en el apartamento. Nunca me llama nadie, y cuando lo hacen es para dar malas noticias. Y ése fue el caso, ya que al pulsar el botón salió esto:

«Ricardo, soy Neme. Necesito verte. Por favor, pásate por casa, es importante. He estado a punto de cometer una locura».

7

De nuevo en el coche, repasé mentalmente el historial de Nemesio, que un mal día decidió ser mi amigo y no me lo he podido sacar más de encima.

Lo conocí –mejor dicho, me conoció– hace más de treinta años mientras estudiaba en Londres. Yo había ahorrado para pagarme un intensivo de inglés en una falsa universidad, de ésas que abundan en la City. Recuerdo que me alojaron en una tristísima residencia de estudiantes en las afueras de la ciudad, una especie de seminario de pasillos interminables donde sólo vivían hombres.

Fue dejar las maletas en el suelo de mi habitación –de ocho metros cuadrados– y ya lo tuve encima. No llevaba ni dos minutos ahí cuando alguien golpeó la puerta con suavidad. Al abrir me encontré con un calvo gordito que dijo ser de Barcelona, como yo. Había leído el listado de internos y quería saludarme. Dijo:

—Estoy aquí al lado. Si te aburres puedes llamar a mi puerta y nos aburrimos juntos.

Acepté la invitación y debo confesar que desde entonces no hemos dejado de aburrirnos.

8

—Nada me hace ilusión, la gente me aburre profundamente, ya no espero nada de la vida ni de nadie.

Sentado a su lado en un sofá marrón, yo pensaba «No me hace ilusión estar aquí contigo, me aburres profundamente –corrijo: me deprimes profundamente–, ya no espero nada de ti, ni de mí mientras esté en tu compañía», pero un resto de humanidad me hizo decirle:

—Vamos Neme, no lo pintes todo tan negro. Necesitas que te dé un poco el aire, oxigenar el cerebro.

—Tengo miedo, Ricardo. Voy a hacer algo gordo.

—¿Cómo qué?

—Desaparecer.

—Ahórrate el esfuerzo. La vida ya te sacará de en medio cuando toque. Y gratis.

—Pero yo no puedo esperar.

Y, dicho esto, me abrazó hasta casi ahogarme mientras balbucía algo que no entendí.

—Neme, ya sabemos que este mundo es repugnante... pero, por favor, no lo hagas más feo de lo que es suicidándote, ¿quieres?

9

Después de una larga sesión de lloros y lamentaciones, volví a casa desolado. ¿Alguien ha oído hablar de los vampiros energéticos? Nemesio es un remanso de energía negativa donde todos están invitados –y obligados– a beber.

Sea cual sea el tema de conversación, a las duras y a las maduras, su compañía te va minando. Cada uno de tus sueños es sustituido por un trago amargo, y cuando te libras de él, una estela triste y pesada te sigue un buen tiempo allí donde vayas.

En esta ocasión, quiso retribuir mi consuelo con un libro de poesía. Hacia el final del volumen había marcado con un Post-it su poema predilecto, animándome a que lo leyera.

Me dejé caer en la cama con el libro en las manos. Por pura inercia empecé a leer lo que sigue:

La casa encendida *(Luis Rosales)*

PORQUE TODO ES IGUAL Y TÚ LO SABES,
has llegado a tu casa y has cerrado la puerta
con aquel mismo gesto con que se tira un día,
con que se quita la hoja atrasada al calendario
cuando todo es igual y tú lo sabes.
Has llegado a tu casa,
y, al entrar,

has sentido la extrañeza de tus pasos
que estaban ya sonando en el pasillo antes de que
llegaras,
y encendiste la luz, para volver a comprobar
que todas las cosas están exactamente colocadas,
como estarán dentro de un año, y después,
te has bañado, respetuosa y tristemente,
lo mismo que un suicida,
y has mirado tus libros como miran los árboles sus hojas,
y te has sentido solo, humanamente solo,
definitivamente solo porque todo es igual y tú lo sabes.

10

Dejé de tener amigos cuando me di cuenta de que ya no teníamos nada que decirnos. Es doloroso ver como alguien a quien has respetado se convierte en una réplica de sí mismo.

Cada vez estoy más convencido de que en la comunicación humana, más que intercambio se producen interferencias. Cada uno habla para sí mismo y los diálogos se cruzan al azar dando sensación de diálogo. Es como cuando llamamos a alguien por teléfono y de repente surge una voz desconocida, un cruce, que dice cualquier otra cosa. Pero eso es todo lo que hay: interferencias.

De camino a la editorial me repetía «Porque todo es igual y tú lo sabes». Quiere animarme, el maldito.

Los que viven en el cieno no soportan que los demás anden fuera de él. Pretenden que te hundas con ellos. Bueno, puedo entenderlo: al fin y al cabo todos buscamos compañía.

11

—¿Qué tal la Bruni? –preguntó Odelia al verme llegar.

—Muy tierna. No me importaría tenerla como amiga.

La jornada deparaba un nuevo mamotreto, *La dieta semivegana* de Jennifer Ruzafa. La autora proponía –con un estilo burdo y enrevesado– una alimentación vegetariana que incluyera lácteos los lunes, miércoles y viernes, y huevos los martes, jueves y sábados. Los domingos, sólo agua.

Por un instante, me sentí impulsado a abrir la ventana y mandar el manuscrito a tomar viento fresco. Pero en ese momento sonó el teléfono.

—¿El señor Ricardo Boix?

—Al habla, dígame.

—Soy Jennifer Ruzafa. ¿Le han entregado mi libro?

—Acabo de verlo.

—Permíteme que te tutee. ¿Estás preparado para vender cuarenta mil ejemplares?

—¿Tantos semiveganos hay?

—Los habrá después de publicarlo –dijo con autoridad–. ¿Cuándo te parece que nos reunamos?

—Nunca. Quiero decir, no para este libro. Es flojo.

—¿Cómo dices? Esto es que no lo has leído detenidamente.

—He visto suficiente.

—Ricardo, estoy convencida de que *La dieta semivegana* es una novedad de alcance mundial, un título necesario de gran calidad.

—No digo que no, aunque su calidad aumentará cuando lo corrijas en profundidad. Sólo en la primera página he detectado seis erratas.

12

A media tarde aterrizó por la redacción mi hija Edna con un gran cesto, como caperucita. Hasta los trece años había estado enamorada de mí, y yo –por qué negarlo– me dejaba querer. Ahora tiene dieciséis, lleva gafas redondas y una boina granate ladeada de la que salen unos mechones castaños. Completaré el retrato: nariz de patata –como su padre–, mirada insolente, piel algo granítica. Yo diría que es guapa, aunque a esa edad todas lo son. Habría que verla a mis cincuenta.

—Acabo de cortar con Rafael –dijo.

—¿Quién es Rafael?

—Un poco de imaginación, papá. Rafael es mi novio. Mejor dicho, era. Todo ha terminado entre nosotros.

—Ah…

—Por cierto, ¿tú por qué cortaste con mamá?

—¿Por qué me preguntas siempre lo mismo? –protesté.

—Porque cada vez me contestas algo distinto, bobo.

—Pues hoy pienso decirte toda la verdad y nada más que la verdad –dije levantando la mano.

—A ver.

—Nunca le perdoné haber comprado dos libros al «poeta de las Ramblas».

Edna lanzó un bufido, porque se avecinaba uno de los discursos de su padre.

—La cosa es más seria de lo que parece –dije–. Quien se autodenomina poeta, no es poeta. Lo mismo sucede con los bares: si se llama «taberna bohemia» es que no hay un solo bohemio, ni encontrarás arte en el «rincón del artista». Las etiquetas sólo valen para los farsantes.

—Frena, papá.

—Por cierto, todavía no te he preguntado qué haces aquí.

—Vengo a pedirte un favor pequeñito.

—¿Quieres dinero?

—No, estoy forrada. He vendido todos mis libros a un trapero.

—Bien hecho. ¿Qué quieres entonces?

Con la calma de quien te toma el pelo a conciencia, Edna levantó la tapa y del canasto brotó la cabeza de un chucho callejero.

—¿De dónde has sacado este adefesio?

—Me lo regaló Rafael. Necesito perderlo de vista. ¿Puedes guardármelo un tiempo?

—Ni hablar.

—Por favor, papá... –y me rodeó el hombro con el brazo, pegando su mejilla a la mía. Sabe que eso nunca falla conmigo.

—¿Cuánto tiempo sería?

—No mucho, sólo hasta que le encuentre dueño.

El perrito saltó del canasto y empezó a ladrar como un energúmeno. Creo que empezaba a marcar el territorio.

—Ay, Dios... ¿Cómo se llama?

—Solete.

13

Mientras llevaba a Edna a casa escuchamos uno de sus CD de punk, de éstos con canciones de a minuto acompañadas por una guitarra de dos cuerdas. Cada vez que oigo los discos de mi hija pienso que quizá Allan Bloom tenía razón, cuando decía que la música rock es comida basura para el alma.

«Solete» era el tercero de a bordo en los asientos delanteros, y ponía sus pezuñas sobre el salpicadero como si fuera el timonel. No tardaría en comprobar por mí mismo que ése era un rasgo distintivo de su carácter: creerse dueño de todo en cualquier momento y lugar.

—¿Sabes qué decía Janis Joplin sobre sus conciertos? –comenté mientras sonaba la quinta descarga de decibelios y mala leche.

Como toda respuesta, Edna se limitó a mirar por la ventana entre melancólica e indiferente.

—Decía: «Cuando estoy en el escenario, hago el amor con veinticinco mil personas diferentes, pero siempre vuelvo sola a casa».

—Papá, me lo has contado veinticinco mil veces. ¿Cuándo cambiarás el disco?

14

Yo ya no podía decir que llegaba solo a casa. Me acompañaba aquel perro grotesco, que no había dejado de rugir después de que Edna abandonara el coche.

Llené un bol con agua y otro con su pienso favorito, pero eso no ayudó a congraciarle conmigo. Estaba disgustado con el cambio de dueño y no me iba a poner las cosas fáciles. Despreciando la comida, se fue muy digno a ocupar el único sillón de la casa.

—Oye, ponte en otro sitio. Éste es mi lugar de lectura.

Solete recibió mi propuesta con una sarta de ladridos que debieron de despertar a todo el bloque. Como no quería tener a todos los vecinos en la puerta, desistí y me tumbé en el incómodo sofá.

—De acuerdo, tú mandas. Pero sólo por hoy, ¿eh?

Entonces me di cuenta de que el contestador parpadeaba nuevamente. Y supuse que en la cinta no me esperaba otro que Nemesio. Al escuchar su voz sentí un sudor frío en la nuca.

«Ricardo, tenemos que vernos cuanto antes. No encuentro una razón para levantarme por la mañana. Nacer, enfermar, morir, ¿qué sentido tiene todo esto? ¿Cuál es el mensaje de la vida? Responde, Ricardo».

—No me hagas decir perogrulladas –contesté olvidando que hablaba a una cinta–, el mensaje de la vida es que no hay mensaje.

15

—¡Maldito tirano! –grité antes de sorber mi tercer café.

—¿De quién hablas? –preguntó Odelia mientras repasaba los presupuestos con un lápiz.

—Del perro que me ha endosado mi hija. Me ha tenido toda la noche en el borde de la cama. Se había tumbado en el centro, y cada vez que me acercaba me hacía saltar el corazón de un ladrido. Además, ronca y me clava las pezuñas.

—El siguiente paso será echarte de casa –dijo ella riendo entre dientes.

—Seguramente. Si es que no lo muelo a palos antes.

16

La de *La dieta semivegana* no volvió a llamar, pero sí acudió un argentino recién aterrizado, que se ofrecía como redactor todoterreno.

—En Argentina hace tiempo que lo único que nos crece es el pelo –dijo a modo de presentación.

—Vayamos al grano: ¿tú qué sabes hacer?

—Soy todero.

—¿Torero?

—No, *todero*. Quiero decir que hago *de todo:* escribo, corrijo, redacto informes, traduzco, edito…

—Bueno, empezarás traduciendo este artículo –y le di unas fotocopias para implementar el *Cúrate en tu casa*–. Si se te da bien, ya te pasaremos algo más largo.

Cuando el argentino hubo desaparecido con las fotocopias bajo el brazo, entró Odelia diciendo:

—Mientras esperaba, me ha explicado que es especialista en casi todo.

—No nos engañemos –repuse–, su especialidad es pagar las facturas a final de mes.

17

Venía tarareando todo el camino una pieza de *Mozart en Egipto,* una apuesta personal que me había salido rana. Eso de tocar el *Réquiem* con un cuerno para encantar serpientes, más que fusión es una aberración.

Otra cosa me picó cuando puse el pie en casa, ya que sólo abrir la puerta me vi enfrentado a las tropelías de Solete. Además de un largo reguero de orín que iba a morir al comedor, había arrancado de un mordisco un trozo de tapicería del sofá. Dos jarrones y unos cuantos libros yacían en el suelo, víctimas de alguna batalla imaginaria que había librado en mi ausencia.

Mientras comprobaba el alcance de los daños, él me observaba con soberbia desde el sillón, lugar que ya no osaba disputarle.

Cargado de resignación, arreglé un poco aquel desaguisado y fui a la cocina a calentarme la cena: un arroz cuatro estaciones bastante soso. Ya me había sentado a la mesa para cenar cuando sonó el teléfono.

«No puede ser él» me dije. Vaya si lo era:

—Ricardo, siento que navego sin rumbo ni propósito. Vivo instalado en el caos.

—Hay lugares peores donde instalarse: en casa de tu exsuegra, por ejemplo.

—No seas cínico, Ricardo. Entiéndeme: tú tienes a tu hija, una profesión que te gusta... Yo hace siglos que no trabajo. No tengo a nadie en el mundo.

De repente me invadió un cansancio infinito. Hasta el punto de que contemplé impasible como Solete subía a la mesa y se comía el arroz.

—No voy a aguantar así mucho tiempo –siguió Nemesio–. ¿Cuándo vendrás?

—Mañana.

Y aquella respuesta –casi refleja– me sorprendió a mí mismo.

18

Suele suceder, cuando las cosas se tuercen, que uno sólo encuentra el punto de inflexión para ir a peor.

Algo así presentí al llegar al despacho, donde me esperaba una carta con mi nombre garabateado. Iba sin sello. No me costó saber quién había pasado por la redacción adelantándose a mi llegada.

Rasgué el sobre. Dentro había una oscura fotocopia con una nota grapada donde decía: «Lo hablamos esta noche, NEME». Arranqué aquel sórdido apéndice para enfrentarme al texto:

FORMULARIO DE ACOGIDA *(última hoja)*
Estado del alojamiento: número de galaxia y estrella,
número de tumba.
Está usted solo o acompañado.
Qué hierba crece sobre usted,
y de dónde (ej. del estómago, ojos, boca, etc.).
Tiene usted derecho a recurrir.
En el espacio blanco inferior indique
cuánto tiempo ha estado vivo y el motivo de su sorpresa.

Dan Pagis 1930-1986

Marqué de inmediato el número de Nemesio.
—¿Estás vivo? –pregunté.
—Sí.
—Qué lástima.

19

Odelia me dijo una vez que cuando se huye de una situación, ésta nos persigue hasta que la logramos superar. Un pensamiento simple pero muy certero.

A mí me perseguía aquel pelmazo, como un nubarrón localizado sobre mi cabeza. Mientras sorteaba el tráfico, en mi cabeza retumbaban frases lapidarias de su cosecha como: «Es un error decir "tengo cincuenta años" porque en realidad ya no los tienes», «Te lo digo con esta boca, la misma que se van a comer los gusanos», «Si existe un Dios habría que odiarlo. Por cierto, ¿quién dijo eso?».

—Nemesio –respondí en la soledad del coche–, ¿quién quieres que sea?

20

Los destrozos morales de Nemesio se completaron al llegar a casa con los del perro, que había vuelto a ensuciar la alfombra con material pestilente. Mientras recogía los excrementos con un periódico, le dije:

—Solete, vamos a tener que hablar seriamente tú y yo. Lo nuestro no funciona.

El animal me miraba impertérrito enseñando los dientecillos inferiores, de los que colgaba un hilo de baba espumosa.

—He pensado en una especie de solución final.

Y le puse la correa ignorando sus gruñidos y amenazas. Lo arrastré hasta la salida, mientras en la otra mano llevaba una bolsa con sus cosas.

Para evitar males mayores encerré a Solete en el maletero, desde donde lanzaba ladridos a gogó.

21

Neme me abrió la puerta con albornoz y un cigarrillo mentolado en los labios. Iba a decirme algo como «no te esperaba tan pronto» cuando precipité los acontecimientos, metiendo al chucho en el piso de un puntapié.

—¿Qué significa esto? –se alarmó Nemesio, mientras Solete daba vueltas por el comedor lanzando chillidos de indignación.

—¿No decías que no tenías a nadie? Ahora ya no podrás quejarte.

—Ricardo, esto no es serio.

—¿Quién ha dicho que este mundo lo sea?

22

Aquella noche dormí a mis anchas. Tenía la satisfacción de haber matado dos pájaros de un tiro. Me había librado del perro y de Nemesio, que yo creía enfurecido conmigo. Pero, una vez más, la rueda de los acontecimientos giró en sentido inverso.

Porque tras una semana de silencio, Neme volvió a llamar.

—Confieso que al principio no entendí la jugada –dijo–, pero ahora sé que eres un gran amigo. Solete y yo nos llevamos de maravilla.

—¿De verdad? –pregunté aturdido.

—Es increíble. Entiende todo lo que le digo. No nos separamos ni un instante. Además, responsabilizarme de alguien ha hecho que me vuelva a sentir valioso. Te estoy muy agradecido.

—No hay de qué. Por cierto, ¿no te deja la casa llena de porquería?

Oí que Nemesio reía desde el otro lado, cosa inaudita en él. Dijo:

—¿Nunca probaste a sacarlo a pasear?

23

Los días habían recuperado su lento transitar entre la redacción y el apartamento, que volvía a su solitaria humanidad. A veces casi sentía nostalgia de los quebraderos de cabeza pasados.

Una tarde, después de discutir con varios colaboradores, salí de la editorial bajo una finísima lluvia que anunciaba el otoño. Yo aceleraba el paso hacia mi coche, cuando un encapuchado se lanzó a mis brazos y me besó.

—¡Edna! No te había reconocido con este chubasquero.

—Hola papá. –Sonrió mientras se apartaba un mechón de la frente–. Tengo una buena noticia que darte.

—Soy todo oídos. ¿Dónde quieres que te deje?

—He vuelto con Rafael. Ya puedes devolverme el perrito.

—¿Cómo? –dije plantándome al lado del coche.

—Que me lo devuelvas.

—Es que ya lo he regalado.

—No me lo puedo creer… –dijo mientras se le ensombrecía la mirada–. ¿Y no se te ha ocurrido consultarme?

—Pensaba que no lo querías.

—Era un regalo suyo –dijo enfurecida–, ni siquiera sabe que te lo había dejado. Vamos a buscarlo.

En un instante calculé las consecuencias que podía acarrear arrebatarle a Neme el perrito. Ante dos malas soluciones, opté por la que me pareció menos dolorosa:

—Es imposible –mentí–, se lo he dado a un hombre que vive en la otra punta del mundo.

—No se puede confiar en ti –dijo Edna con lágrimas en los ojos–. No tienes sentimientos, todo lo estropeas. ¿Cuándo piensas crecer?

Dicho esto, dio una patada a la puerta del coche y se fue corriendo. Me quedé allí pasmado, ajeno a la lluvia que caía como telón de aquel drama mínimo.

24

Nadie quería a Solete hasta que, de repente, todo el mundo lo quiso. Así funciona el mundo: o todo o nada. Los casados tienen amantes y los solteros no consiguen comerse un rosco. Las catástrofes naturales azotan siempre a los más pobres. Y yo estoy hablando como Nemesio.

Sigo dándole vueltas al tema de las interferencias. Qué soledad tan compleja, la nuestra. Yo diría que es una soledad a gritos.

La Biblia dice que tenemos libre albedrío. Pero yo he llegado a la conclusión de que sólo podemos escoger cuál va a ser nuestra clase de infelicidad. Éste es un pensamiento del que me siento orgulloso.

No es muy alegre, lo admito. Tal vez he tratado demasiado a Nemesio últimamente. O es la angustia que me produce circular nuevamente solo, en una ciudad que es como un surco del que no puedo salir. Como el blues.

También puede ser la lluvia.

En otros mares

1

En un memorable viaje de juventud, atraqué con un compañero de la revista en las lomas del monte Athos. Además de monasterios y homosexuales, desde la península sagrada se disfrutaba de un espléndido panorama marino, con las olas del Egeo batiendo el litoral mil metros bajo nuestras sandalias.

Las condiciones de vida allí eran bastante espartanas, pero aquel panorama exuberante nos retuvo unos cuantos días. Justo antes de retomar nuestra andadura griega conocimos a un tipo curioso, un colombiano que había recalado en el monasterio tras una vida de excesos. Sentados los tres en un peñasco con una vista espléndida, me atreví a preguntarle:

—¿No estáis tentados de bajar de la montaña a bañaros?

El monje sonrió con suavidad antes de responder:

—Nosotros nos bañamos en otros mares.

2

Mi diario de a bordo me decía que las cosas no podían ir peor. Todos mis asuntos estaban afectados por la parálisis menos los conflictos, que crecían con gran dinamismo. El aire fresco que me llegaba era el de la caída libre a la que me había entregado, y no veía el momento de estrellarme para poner fin a la angustia.

Sobre un pedazo de papel escribí un listado para tener una visión de conjunto, el tanteo del partido que se venía disputando hace semanas entre un servidor y el mundo:

Diciembre (cuadro de situación)

- *La redacción es una olla de grillos por la lucha de poder entre dos editores júnior.*
- *El* Cúrate en tu casa *sigue en estado crítico.*
- *Edna aún no ha dado señales de vida. Creo que me odia.*
- *Mi «ex» telefoneó para pedirme un préstamo. No he podido negarme y ahora estoy en números rojos.*
- *No consigo acabarme ninguna novela.*
- *En los cines sólo echan morralla.*
- *He recibido una estatua de Lladró como regalo de una colaboradora.*

Resultado: MISERIAS 7-RICARDO 0

3

Cuando uno no puede cambiar de cerebro siempre le queda la alternativa de cambiar de aires, aunque sólo sea para pasear las neuras en otro escenario.

Las vacaciones de Navidad estaban al acecho, cuando el horror inexpresable tomó cuerpo en los villancicos y en la marabunta humana que salía de compras. Yo no me sentía con arrestos para aguantar esa plaga de falso optimismo, así que opté por huir hacia delante: desapegarme de los últimos asideros que me sujetaban a la vida tal y como nos la venden.

Mi loca idea surgió de un reportaje del dominical titulado «Vacaciones extravagantes». Me llamó la atención la tercera propuesta: un centro de retiro de los budistas tibetanos en las Alpujarras.

Tal vez fuera la nostalgia de mi primera visita al monte Athos, o la ilusión de que a mi edad es posible regenerarse espiritualmente. El caso es que, abandonando mi aversión a las religiones, me vi dos días después subido a un tren con destino a Granada, con la intención de apartarme del mundo por un tiempo indeterminado.

4

Siempre que salgo de Barcelona me siento desnudo y vulnerable, como en esos sueños en los que uno camina por la calle sin zapatos. Eso hace que se acentúe mi vena hipercrítica, pues uno de los disfraces de la timidez es el cinismo.

En aquel preciso momento, el blanco de mis iras era el fluorescente de la pensión granadina en la que me había alojado. Hay algo en los fluorescentes que me enerva. Además de atraer a los insectos, su luz es fría, difusa, con ese zumbido de fondo que rasga el silencio.

Poco más que decir de mi escala previa al viaje a las Alpujarras. Sólo un cuadro bastante cursi de la Alhambra con el siguiente romance:

Dale una moneda al pobre cieguito,
que no hay cosa más triste en el mundo
que ser ciego en Granada.

5

Mientras el autobús bordeaba precipicios de espanto, yo reflexionaba sobre una máxima que había oído hace tiempo: no hay que preocuparse por los problemas porque se solucionan solos. Parece un consuelo para tontos, pero encierra algo de verdad. He comprobado en mis carnes que los problemas aumentan y se complican cuanta más atención les dedicas.

Este pensamiento me llevó al sutra del buda que habla de la inutilidad de dar vueltas a lo que nos hace daño. Quien busca soluciones en la especulación trascendente es como el hombre que, alcanzado por una flecha, quiere saber antes de nada con qué arma lo han herido, de dónde vino el proyectil, quién lo disparó, por qué causa, etcétera. Este hombre morirá antes de haber encontrado la respuesta satisfactoria, cuando lo primero que debería hacer es arrancarse la flecha.

Algo así sucede con el dolor: de nada sirve cuestionar su naturaleza, hay que expulsarlo para salvarse. Pero una cosa es la teoría y otra bien distinta la práctica.

6

Unas paradas antes de llegar a Padre Eterno, el enigmático lugar donde debía ser recogido, se sentó a mi lado un viejo parlanchín que abrió fuego sin dilación:

—¿Ha visto cuantos *hippies* van en este autobús?

—No me había fijado –respondí.

El hombre se refería a un inofensivo grupito de alemanes que alborotaban en las primeras filas, cerveza en mano. Cometí el error de darle cuartel al decir:

—Creo que hay una comuna cerca de aquí que se llama «Beneficio».

—La conozco. Mi sobrino fue para allá y dijo que esa gente vive en condiciones infrahumanas, sin ningún tipo de sanidad. Algunos ni tienen qué comer. Es una vergüenza: lo que no quieren en Europa nos lo mandan para aquí.

La conversación degeneró en un largo discurso del viejo sobre el mundo de la construcción, actividad a la que se había dedicado cuarenta años. Alardeaba de haber hecho «de cabeza» cálculos muy atinados del peso que podía aguantar cada viga. Al ver que yo no oponía resistencia, se perdió en minucias técnicas, describiendo obras en las que había participado como capataz en España y el extranjero. Llegados a este punto, mis vigas mentales no soportaron más peso y fingí caer dormido.

Más allá del rumor de las palabras, en mi mente empezaron a acudir las dudas sobre lo que me esperaba: ¿qué iba a hacer en este centro de retiro? ¿Cómo se siente uno en una cura de silencio a dos mil metros de altura? ¿Sería capaz de meditar todo el día? ¿Cuál era el sentido de todo esto?

7

Padre Eterno resultó ser una curva de la carretera en la que había una ermita abandonada. Al apearme del autobús divisé una vieja furgoneta que esperaba a cierta distancia, como si no quisiera llamar la atención. Pero el hábito púrpura y amarillo de uno de los ocupantes los delataba.

Me acerqué con paso precavido, mientras los pasajeros del autobús observaban el curioso encuentro.

—¿Tú eres Ricardo?

—Eso creo.

—Sube.

Y el vehículo empezó a escalar la montaña por una pista de tierra sembrada de pedruscos. A lado del silencioso conductor, había una mujer joven con el pelo rasurado y esa especie de peplo que llevan los tibetanos. Yo iba detrás.

—Me llamo Marisa. Estoy a cargo del centro desde hace unos días. Se nos acaba de morir el lama.

—Qué mala suerte –dije–, yo que quería preguntarle el camino para ir a Shambhala...

No pareció hacerle gracia la broma, pero tampoco mostraba enojo.

—De poco te hubiera servido. No hablaba ni una palabra de castellano.

—¿Y cómo os comunicabais con él?

—Miradas, gestos... Era un hombre dulce, y muy sabio también. ¿Por qué te interesa Shambhala?

—Soy aficionado a los paraísos.

8

Tras casi una hora de derrapar sobre el polvo, la aparición de una estupa reveló que entrábamos en el centro budista. Pasamos cerca de varias casitas de piedra hasta llegar a un edificio más grande que debía de ser el templo.

—Las cabañas están orientadas de manera que los meditadores no tengan contacto entre sí, ni siquiera visual –me explicó la monja–. Cada mañana encontrarás una cesta a veinte metros de tu puerta: ahí están el desayuno, el almuerzo y la cena. Dejas la del día anterior con los platos limpios y te llevas la nueva.

—¿Y puedo ir al templo?

—Si quieres, puedes sumarte a la meditación que los internos hacemos por la mañana y por la noche. Pero es mejor que te quedes en tu cabaña. Ya sabes: cuando el lobo está herido, se aísla.

9

A partir de aquí utilizaré el presente, como mucho el perfecto, para explicarme. El motivo es que en este lugar el tiempo parece no correr, como si se hubiera detenido en un satori –o instante eterno– que no excluye el tedio.

Pero vayamos por partes. Mi garito se llama Asanga –en honor a un viejo maestro–, y es una casita cuadrada de piedra oscura con una terraza al borde de un precipicio. El interior es simple y funcional: un catre, una estantería con dos velas, un banco de meditación, un fogón para cocinar, una estufa de leña y una mesa.

La cabaña no tiene electricidad, lo que te obliga a seguir la rutina de las gallinas: levantarte y acostarte con el sol. Al lado hay un W.C. ecológico –hay que tirar serrín– y una manguera que suelta ráfagas de agua helada. Bonita manera de alcanzar la iluminación.

10

Mientras afuera el frío arrecia, me entrego en mi primer día a la lectura de *Afterzen*, las aventuras de un buscador espiritual descreído que no deja títere con cabeza. El autor –un holandés– cuenta con bastante humor sus tropiezos y decepciones en diferentes monasterios de Japón y EE. UU. Pero el libro tiene algo de deprimente, tal vez porque se empeña en demostrar que más allá del zen, que es la filosofía del vacío, sólo se encuentra un vacío aún más grande.

Siguiendo mi costumbre, al terminar la lectura echo una ojeada al prólogo. Éste lo firma Mariano Antolín Rato, un novelista semiconocido. Me sorprende positivamente, y me siento tentado a pensar que –por una vez– el prólogo es mejor que el libro. Dice que hay personas que consumen la vida en busca de una respuesta, para descubrir al final que no sabían cuál era la pregunta.

Algo así sucede conmigo. Si me paro a pensar, no veo ninguna razón que justifique mi presencia en esta choza, cuando podría estar calentito en mi apartamento escuchando a J.J. Cale. Pero no hay que pensar. Ya lo decía Krishnamurti: «Donde acaba el pensamiento, empieza la inteligencia». ¿Alguien lo entiende?

11

Primera sesión de meditación en la gompa –o templo–. Este lugar está lleno de primeras veces.

Me encuentro en un saloncito acolchado con otros cinco infelices, que se esfuerzan en adoptar una postura digna sobre los duros cojines. La monja Marisa se me acerca y me susurra al oído que ponga la espalda recta. También me da las primeras instrucciones que han de hacer de mí un buen meditador.

Suena una campana y empieza la sesión. Trato de dirigir toda mi atención al aire que entra y sale por mis fosas nasales. Procuro no pensar en nada. Cada vez que acude alguna imagen o idea a mi cabeza, como si fuera una nube, le pongo la etiqueta de «pensamiento» y la dejo pasar.

Vuelve a sonar la campanita: la sesión ha terminado. Me levanto con el trasero dolorido y voy a la puerta del templo a estirar las piernas. Allí están reunidos unos cuantos «internos», gente que vive permanentemente en el centro budista. Su cometido es limpiar y cocinar para los que hacen retiros espirituales, como yo.

Un pelirrojo con cara de cretino se me acerca diciendo:

—Si vienes a buscar al lama, llegas demasiado tarde.

—Lo sé. Me han dicho que ha muerto.

—Eso no es exacto: digamos que su alma ha abandonado su cuerpo. Creemos que se ha reencarnado en una planta de hierbabuena que él regaba cada mañana.

—¿Dónde está esa planta? –pregunto interesado mientras tomo asiento en una repisa de la gompa.

Mis posaderas aterrizan sobre algo duro que cede bajo mi peso con un crujido seco. Me doy la vuelta y descubro una maceta rota. El pelirrojo me mira con odio: sí, me he cargado al lama.

12

La monja Marisa me ha invitado excepcionalmente a compartir la cena con la comunidad. A partir de mañana me las tendré que componer solo.

Un gong anuncia que los platos están listos. Además de mi protectora, está el conductor, el pelirrojo, una mujer nórdica y un par de jóvenes ojerosos. El último en incorporarse es un hombre elegantemente vestido de blanco, el cocinero. Ha preparado seis especialidades vegetarianas, una buena noticia.

La cena trascurre en un forzado silencio, sólo quebrado por las constantes demandas de la nórdica: «¿Me pasas la sal?», «¿Me alcanzas la col?», «¿Me cortas pan?». «Maldita seas –pienso–, la mesa no es tan grande para que no llegues tú solita».

Terminada la cena, la monja pregunta a los internos quiénes van a viajar a Dènia para el «Kalachakra», un ceremonial tibetano que tiene lugar una vez al año.

—¿Quién va a oficiarlo? –inquiere uno de los jóvenes.

La monja responde:

—Su santidad «Chim-Pam-Pum».

O al menos eso es lo que yo he entendido, porque esos nombres tibetanos son un trabalenguas.

Creía que sólo llamaban santidad al Dalái Lama, en un desafortunado esfuerzo por equiparar el budismo a la Iglesia católica. Pero los retratos que cuelgan de las paredes me dicen que esta gente venera a santidades y santones, algunos curiosamente encapuchados.

Mi vena hipercrítica se activa de nuevo. Me pregunto: «¿Qué tienen que ver todos estos fantoches con el buda y la vacuidad?».

13

Al salir del comedor me espera una noche gélida y clara. La luna hace resplandecer tenuemente la montaña pelada que acoge el centro budista.

Sin acabar de entender qué me ha llevado a refugiarme en el lugar más remoto del país, me dispongo a encaminarme hacia mi choza. Pero la voz de la monja se hace oír a mis espaldas.

—Creo que necesitarás esto –dice mostrándome una gran linterna.

—Gracias, Marisa. ¿Puedo llamarte así?

—Por supuesto, es mi nombre.

—Una curiosidad: ¿a qué te dedicabas antes de subir aquí?

Mi indiscreción parece no inquietarla. Es una mujer seca pero templada, y sobre todo muy paciente.

—Era enfermera en Madrid. Pero me di cuenta de que había más enfermos fuera del hospital que dentro. Mi misión aquí es traer un poco de luz.

Y me entrega la linterna ya encendida. También me da un libro de budismo y un papel cuidadosamente doblado.

—Es una rutina para que sepas qué hacer a lo largo del día. Cuando uno hace retiro el tiempo se estira, ¿sabes?

—La verdad es que nunca lo he probado –reconozco.

—¿Estás seguro de que puedes hacerlo? No es tan sencillo como parece. Muchas personas que vienen sin estar iniciadas han huido al cabo de uno o dos días.

—¿Así por las buenas?

—Sí, supongo que les daba vergüenza reconocer que habían fracasado. Suelen escapar a mitad de la noche.

—Pero ¿qué les hace huir? –pregunto inquieto.

—Tienen miedo al silencio.

14

Mi primera noche. De camino hasta la cabaña, he dado un traspiés y he estado a punto de caer rodando barranco abajo. Finalmente he encontrado el sendero que desciende hasta Asanga, mi hogar hasta nueva orden.

La casa está helada y mi corazón también.

Corro a encender el fuego, mientras el viento helado golpea la puerta y hace temblar los cristales.

Tomo refugio bajo las mantas. Luz de velas.

Bajo la almohada descansa una pequeña libreta aún en blanco. He escrito en la cubierta «CRÓNICA DEL DESAPEGO». Aquí tomaré notas sobre mis trabajos para desligarme del samsara, lo condicionado y temporal. Más allá me espera el nirvana, la libertad absoluta. Quién lo diría en un lugar como éste.

15

Segunda jornada de retiro. He dormido casi diez horas. Un rayo de sol ilumina el reverso de la puerta. Hay un cartel que el día anterior me había pasado desapercibido:

Como centro budista, te rogamos que durante tu estancia con nosotros respetes los siguientes preceptos:
NO MATAR (ni siquiera un insecto)
NO ROBAR (tomar algo que no haya sido ofrecido)
NO TENER UNA CONDUCTA SEXUAL
NO MENTIR
NO TOMAR INTOXICANTES (tabaco, alcohol o drogas)

Sobre el segundo precepto, me viene a la mente una frase de Napoleón: «Hay ladrones a los que no se castiga pero que nos roban lo más preciado que tenemos: el tiempo». Esto es válido en Barcelona, donde todos los colaboradores –y algunos plomos como Nemesio– me cercaban sin cuartel. De un extremo al otro: aquí nadie quiere saber nada de mí.

Me levanto algo aturdido. Enciendo el fogón para calentar agua. He traído de Granada una cajita de Gunpowder, un té verde fuerte y áspero, adecuado para mis esfuerzos en pos de la iluminación.

Abro la puerta para que entre un nuevo día.

16

Crónica del desapego #1

Desapego no significa no amar, sino amar sin dolor; es decir, sin el dolor de la pérdida.

Entiendo que he consumido mi vida aferrándome a lo que amaba, esperando que durara para siempre: los Perros Verdes –dos de ellos han muerto–, mi matrimonio con Joana, mi adorada –y contestona– Edna…

Pero nadamos en la impermanencia. El mundo no se detiene porque uno lo desee. La felicidad dura lo que un pestañeo: atrapa el instante, y déjalo pasar.

17

Salgo a la intemperie a estirar las piernas, aunque el sol es demasiado tímido para que esto sea una fiesta.

En lo alto del sendero que lleva a mi choza distingo una caja de mimbre. Me acerco con paso tranquilo. Es la canasta con las comidas del día: pan, mermelada y *lassi* para el desayuno; cuscús con verdura para el almuerzo; sopa y tofu para la cena.

Deshago el camino cesta en mano. Un nuevo embate del viento hace que corra a refugiarme en mi Asanga. Me siento en la mesita, que parece un pupitre de estudiante. Y eso soy yo: un aprendiz del momento presente.

El té está listo. Mientras unto el pan con mermelada acude a mi mente una canción del disco *The boatman's call,* de Nick Cave. Definitivamente, hay un antes y un después de la llamada del barquero.

18

En uno de mis bolsillos ha aparecido el papel que me entregó la monja Marisa junto con la linterna y el libro. Lo despliego. Es un plan de trabajo para saber qué hacer con el tiempo. Un tema importante aquí. Visto así en conjunto parece bastante ambicioso:

7½-8	MEDITACIÓN EN LA GOMPA
8-9	DESAYUNO
10-11	ESTUDIO
11½-12	MEDITACIÓN
12-13	(libre)
13-14	COMIDA
14-14½	PASEO Y RELAJACIÓN
16-17	ESTUDIO
17-18	ESTUPA Y PASEO
18-18½	MEDITACIÓN
19-19½	ESTUDIO
20-21	CENA
21-21½	MEDITACIÓN EN LA GOMPA

Tengo la sensación de haber vuelto a la escuela. Y me temo que ésta sea más dura que la otra.

19

El libro que me ha dejado Marisa para estudiar –un manual de psicología budista– me resulta francamente antipático. Lo escribe una monja norteamericana que se ha puesto un complicado nombre tibetano. Ya empezamos con los disfraces.

Puede parecer una tontería, pero sólo con ver la foto de la señora me ha entrado mal rollo. Lleva el mismo hábito que Marisa y también va rapada, pero en sus ojos adivino una cierta intransigencia, el convencimiento de haber hallado la verdad, la imposibilidad de cuestionarla.

El buda decía «Cree sólo en aquello que hayas comprobado por ti mismo». A este aforismo yo le añado otro de Lennon, «Nothing is real».

La lectura de las primeras páginas del manual confirma mis sospechas: esa monja es una amargada. Seguro que su marido se la pegaba con otra y ella acabó buscando refugio en los lamas. Mando el libro a paseo.

Un crujido en la puerta me sobresalta. Tal vez sea la madera que se contrae debido al frío. Más crujidos; es evidente que alguien está rascando la puerta. Siento un escalofrío: éste es el lugar perfecto para que te asesinen impunemente.

Al abrir la puerta se despeja el misterio: un gato que pide entrar. Suelto una carcajada. Tras un maullido a modo de saludo, el felino entra en la casa y se instala cómodamente delante del fuego. Se nota que lo ha hecho otras veces.

Mientras lleno un cuenco con leche, le digo:

—Tú sí que sabes vivir.

20

Tercer día: el aburrimiento empieza a hacer mella en mí. Con el *Afterzen* ya terminado y el libro de psicología fuera de juego, sólo queda meditar y dar algún paseo a bajo cero.

Después de las comidas, lo más emocionante es la visita del gato, que llega puntual cada día a media mañana y se va al atardecer. De cacería, supongo.

No encuentro mi naturaleza búdica por ninguna parte. Estoy asumiendo en cambio mi condición de urbanita. Echo de menos mis trayectos en coche de casa a la redacción y viceversa. Aunque haya vivido atrapado en un bucle sin sentido, al menos tenía la ilusión de ir a alguna parte.

Aquí se espera que peregrine hacia mí mismo. No puedo imaginar búsqueda más difícil. ¿Dónde te escondes, Ricardo?

21

Crónica del desapego #2

Estoy pasando por una especie de criba existencial: separar el grano de la paja, distinguir los titulares de la letra pequeña, soltar amarras. Creo que me he acostumbrado a llevar una carga demasiado pesada.

Como todo, tiene sus riesgos: la depuración, llevada a su extremo, puede acabar depurando al depurador.

22

Venciendo mi espíritu friolero, he salido a explorar los alrededores con el cuaderno y el lápiz en el bolsillo. En el camino, los primeros copos de nieve.

Me dirijo a la estupa, una especie de pináculo que contiene una estatuilla del buda y otras reliquias. Los devotos dan vueltas alrededor de este tótem a la espera de la iluminación.

El camino que conduce al recinto está jalonado de banderas tibetanas con algunos sutras –discursos del buda–. Al misterio y recogimiento del lugar se suma esta vez un detalle que se me había pasado por alto: una música sutil y cambiante, como campanas de cristal en un sueño.

He inspeccionado el lugar buscando el origen de aquella melodía sublime.

A la segunda vuelta en torno a la estupa lo he encontrado: un juego de campanas tubulares que cuelgan del saliente de una roca. El viento dicta la canción.

Siento una luz en el corazón, como si alguien hubiera encendido fuego en la nieve. Ya no tengo frío.

23

Crónica del desapego #3

TRES PALABRAS IMPORTANTES

DISTANCIA: hay que buscar compañía sólo cuando añada valor a la vida, es decir, cuando sea mejor que la soledad. Aburrimiento compartido, no, gracias.

SILENCIO: las palabras sólo tienen sentido si son mejores que el silencio, ahí es nada. Qué buena ocasión para callarse. Otro sabio proverbio japonés: «Lo que tengas que decir, dilo mañana». O te callas, digo yo.

LIBERTAD: aquello que amas es lo que te hará infeliz. Lógica aplastante. Quien rompa las cadenas del deseo sabrá por vez primera qué es la libertad. Pero nadie explica cómo se hace eso.

24

Prosigo mi paseo bajo la dorada luz del atardecer. Eso parece un pasaje de Rosamunde Pilcher.

Observo curioso las casitas de piedra, cuidadosamente desperdigadas por este desierto de altura. Me pregunto qué infelices las habitarán, qué pensamientos los torturan de sol a sol.

Superado el templo, continúo por un sendero que baja por el barranco. Piedras sobre piedras. Me doy cuenta de que éste es un lugar increíblemente remoto.

Pero en el paisaje lunar me espera una sorpresa. Distingo una figura humana que sale de una cueva. ¿Es un espejismo? No, es un hombre joven, de pelo rizado, que cuelga su ropa en las ramas de un árbol seco. Tengo ganas de correr a abrazarme a él como un náufrago. Pero hay que guardar las formas: me limito a levantar la mano en señal de saludo.

—¿De dónde vienes? –me pregunta con acento andaluz.

—Del infierno tal vez. ¿Qué haces en esa cueva?

—Vivo aquí.

Me invita a conocer su refugio: un agujero oscuro y húmedo con una litera en su interior.

—¿Haces ahí tu retiro? –le pregunto asombrado.

—No, qué va. Soy un interno del templo. No tenían habitación y me han instalado aquí. Es muy zen.

—¿Y las casas?

—Son para los que hacen retiro, como tú. Yo he venido a echar una mano. Hago mantenimiento de cañerías y todo eso.

—¿Te vas a quedar mucho? –pregunto.

—Tres o cuatro meses. En Semana Santa vuelvo a mi trabajo en Córdoba. Soy camarero, ¿sabes?

—Camarero y budista –me digo en voz alta.

—Algo así. Aunque yo aspiro a ser un místico cachondo. No creo que haya nada más elevado.

Nos despedimos y empiezo a rehacer el camino hasta mi cabaña. Antes de abandonar el sendero, el camarero zen me grita desde su guarida:

—¡Si te iluminas, avísame, que me haré discípulo tuyo!

25

Cuarto día de retiro: ha nevado toda la noche y el paisaje es blanco hasta donde abarca la vista.

Durante la meditación matinal, una frase ha pasado por mi mente, una de esas nubes que hay que etiquetar: «el tiempo llega íntegro para quien camina solo».

Empieza a gustarme este lugar, la sensación de ser dueño de mi voluntad, dejar pasar la vida sin inquietarme, no perseguir nada. ¿Es éste el camino a la iluminación? ¿La comprensión súbita de que toda búsqueda es inútil? ¿Reírse de la vida y de la muerte?

Recuerdo que una amiga del instituto me dijo una vez: «Yo no pienso envejecer». No le pregunté cómo iba a hacerlo, pero ese episodio dio su fruto años después, cuando editaba mis primeros libros.

Propuse a un autor que escribiera un ensayo que se llamaría *Para nacer, primero hay que morir.* Es un título del que me siento orgulloso, tal vez porque nunca se publicó. El autor murió de cirrosis antes de terminar la obra. Si nació en otro lugar, no me he enterado.

El mejor libro es aquel que no se ha escrito aún. La mejor canción, la que no se ha cantado nunca. La mejor vida... Los bebés tienen esa magia y lo saben.

26

Crónica del desapego #4

Esta mañana por primera vez he creído entender algo. Sentado en una piedra delante de la cabaña, he mirado sin mirar. Tampoco meditaba, me he limitado a estar ahí.

Entonces ha pasado algo maravilloso: ha caído una hoja delante de mí, la última hoja de un árbol congelado. Ha bajado, suave y delicadamente, hasta posarse en el suelo. Ocre sobre blanco. Caía polvo de nieve, y al final la silueta de la hoja ha desaparecido, y sólo ha quedado el blanco.

Entonces he comprendido qué significa la impermanencia. Porque en el vuelo descendente de la hoja he visto la película de mi vida.

27

Buscando los límites del centro budista, he caminado esta vez en sentido ascendente. Más allá del templo hay un suave prado cubierto de nieve donde los internos cuelgan la ropa. Entre los pantalones y camisetas al sol destacan dos hábitos púrpura y amarillo. Observo que uno es sensiblemente mayor que el otro. Me extraña, porque aquí sólo la monja Marisa viste así.

Sin darle más vueltas al asunto, sigo adelante. El camino termina en un abrupto precipicio, al borde del cual hay un banco. De espaldas, distingo al elegante cocinero del templo. Sostiene un cigarrillo en la mano.

—Hola –me presento.

El hombre se sobresalta, como un chiquillo pillado in fraganti. Como el primer día, viste de un blanco inmaculado.

—Qué susto. No te he visto llegar.

—No sabía que fumarais –digo con algo de malicia.

Se encoge de hombros como diciendo «pues ya ves». Y acto seguido dice:

—¿Quién ha dicho que los budistas fueran perfectos?

—Nadie.

—Para paliar esa imperfección creamos este santuario para fumadores.

Dicho esto me enseña una lata llena de colillas que descansa bajo el banco.

—¿Hay más fumadores? –pregunto.

—Pues claro: la monja, la que más.

Sin salir de mi asombro, comento:

—Por cierto, tengo que felicitarte. ¿Dónde has aprendido a cocinar estos platos?

—En el sur de la India, ahí casi todos son vegetarianos.

—¿Has vivido en la India?

—Voy varias veces al año. Compro y vendo telas, al por mayor, por supuesto. Ahora estoy haciendo una pausa.

Da una última calada al cigarrillo y sigue:

—Los indios son pesaditos. Con ellos el regateo no tiene fin. Pero siempre me salgo con la mía, porque al fin y al cabo soy yo quien tiene el monedero.

Hace el ademán de irse. Antes, no obstante, me entrega una revista sobre la que ha estado sentado y concluye:

—Puedo ser muy implacable, excepto cuando compro figuritas de deidades. No me gusta regatear el precio de Dios.

28

El santuario de los fumadores me ha dejado buen sabor de boca, aunque el tabaco no vaya conmigo. Es higiénico tener un lugar así para desintoxicarse de tanta mojigatería.

Tumbado en la cama, cojo la revista del cocinero. No debe de ser gran cosa si apoyaba su culo en ella. Se llama *KARUNA*, una publicación bimensual en inglés de los budistas tibetanos. Empiezo a hojearla:

Pág. 1: Anuncio a media página pidiendo aportaciones para construir la estupa más grande de Occidente. Proponen dos tipos de aportaciones: *a*) «Amigo de por vida de la estupa» (1000$), *b*) «Protector de la estupa» (100$).

Págs. 6-7: Informe sobre el nivel de azúcar en la sangre de un conocido lama. También se contabiliza el número de prácticas que los devotos han dedicado a la salud del lama: 1.356.819 animales liberados –incluyendo palomas, tortugas, ranas y gusanos–; 635.405 mantras pronunciados. *(Nota: ¿Cómo lo sabrán?).*

Pág. 12: Gran reportaje sobre el Proyecto Maitreya. En el norte de la India se pretende erigir una descomunal estatua del buda de 150 metros de altura. El proyecto viene avalado por el Dalái Lama, costará una millonada y se buscan fondos por doquier. Vale recortable para colaborar.

Págs. 56-57: Reportaje sobre un viaje de Richard Gere en compañía de un lama. Profusión de fotos y entrevista. El actor no se muestra de acuerdo con el faraónico Maitreya: «Dada la tremenda cantidad de dinero que requiere el proyecto, no puedo evitar pensar en las escuelas, hospitales y medicinas que podrían sufragarse».

Pág. 60: Sección fija denominada «LAMA OSEL'S NEWS». Pequeñas noticias sobre un niño alpujarreño que es la reencarnación de un lama y está llamado a liderar a los budistas de Occidente. Este número habla de la muerte de su perro, que cayó de un árbol y se quedó seco.

Para muestra, estos botones. Sólo añadir que la revista está trufada de publicidad bastante pedestre: figuras, banderas, donativos, etcétera.

29

La fe es ciega e irreflexiva, aunque cambiemos los collares de los perros. Salvo un par de excepciones, observo en este lugar la misma rigidez e ingenuidad –por parte de los devotos– que caracteriza a la Iglesia católica.

Más que sectas, hay mentes sectarias.

He iniciado mi quinto día de retiro recordando una noticia curiosa que leí hace unos años en el periódico. Un perturbado mental secuestró un avión –en el que viajaba no sé qué alcaldesa española– para ir a Jerusalén. Se armó un lío terrible, porque el hombre amenazaba con hacer saltar el avión por los aires si no se plegaban a su demanda. Después de saber quién era el secuestrador, uno de los pasajeros le puso en contacto a través de un móvil con su psiquiatra. Este último trató de convencerle con estas dulces palabras:

—Escucha, está muy bien que quieras ir a Tierra Santa, pero no por eso has de obligar a estos señores a ir también...

Finalmente el secuestrador se rindió y entregó el detonador, que resultó ser un mando de televisor.

30

Participo por vez primera en la meditación nocturna, dedicada al «buda de la compasión». Dura unos tres cuartos de hora, e incluye visualizaciones mientras se canta el mantra «OM MANE PEDME HUM» sin cesar.

Lo único racional es el final. La monja ha formulado un deseo en voz alta para que nos lo apliquemos: «Si no soy capaz de hacer felices a los demás, al menos que mi conducta no sea un impedimento para la felicidad de los demás».

Totalmente de acuerdo.

31

Algo se pudre en la Alpujarra... Prueba de ello es que, pasando por alto mi retiro, la monja me ha invitado a cenar con los internos.

Mientras trato de liberarme del mantra, que sigue retumbando una y otra vez en mi cabeza, me pregunto cuál es la novedad. Pronto lo sé: ha regresado de un largo viaje la monja directora, una mujer con más edad y jerarquía que Marisa, y algunos internos parecen disgustados. Creo que los ata corto.

Me siento en la mesa junto al camarero zen, que me susurra al oído:

—¿Sabes qué me ha pasado esta mañana?

—Cuenta.

—He subido ahí donde cuelgan la ropa para reparar una cañería. Entro en las duchas para cortar el agua cuando ¡bum! me tropiezo con la sueca con las tetas al aire.

—¿Y qué has hecho? –le pregunto, mientras observo a la nórdica tragando como una lima.

—Le he preguntado qué hora era.

—¿Para qué?

—Para venir mañana a la misma hora.

32

La cena ha trascurrido en un clima de creciente tensión, sólo mitigada por la buena cocina y algún comentario del andaluz de la cueva.

Salta a la palestra el tema del Proyecto Maitreya. La monja directora viene de allí con datos concretos: el Maitreya –que encarna la próxima reencarnación del buda– triplicará la altura de la estatua de la Libertad, y tendrá no-sé-cuántos ascensores. El camarero introduce un comentario ingenioso:

—¿Ya tienen permiso del ayuntamiento?

La mirada severa de la monja cae sobre mi compañero como un rayo. La mujer sigue revelando los detalles del proyecto: la construcción –que se alargará cuatro años– costará unos 100 millones de euros, pero hay que alegrarse porque en Occidente esas obras costarían diez veces más.

Es una ocasión magnífica para meter la pata, así que, suscribiendo las palabras de Richard Gere, salto yo:

—¿Y por qué no utilizar el dinero para escuelas y hospitales?

—De lo que no se sabe, mejor callarse –me censura duramente.

El pelirrojo antipático lanza sobre mí una mirada de condena. Los jóvenes me observan con curiosidad. La nórdica sigue comiendo a dos carrillos. Hoy me siento borde y la voy a liar:

—Creo que hay muchas personas que opinan así –insisto.

—¡No es verdad! –grita la monja directora–. ¡Va a ser algo magnífico que traerá mucha luz! Además, se levantará en una zona muy pobre de la India, por lo que muchas personas van a tener trabajo varios años.

Su expresión derrama furia no contenida, así que me trago mi réplica: «Sí, pero ¿con qué sueldo?». El camarero zen me ha leído el pensamiento, porque me susurra al oído:

—Con sueldo de indio.

33

Aún confuso por los acontecimientos del día anterior, consagro mi sexto día a meditar en soledad. No sé si la iluminación está cerca o lejos, sólo sé que la espalda me duele horrores y no logro concentrarme dos segundos seguidos.

Tengo la impresión de haberme quedado en la antesala del templo de la meditación. Mi mente rehúye el momento presente y va a pescar recuerdos al pozo del pasado. Asumo mi retroceso con resignación.

A media mañana salgo a pasear por la nieve. No siento ni frío ni calor. Soy como un espectro sin sustancia que vaga por los campos. Al fondo, el imponente Mulhacén apunta al cielo con sus 3400 metros.

He llegado a la estupa, pero el viento no quiere tocar para mí.

34

Una figura amable desciende hacia el recinto sagrado, donde me hallo casi petrificado. Reconozco enseguida a la monja Marisa. Un sedimento de coquetería hace que todavía balancee ligeramente las caderas al andar.

Me doy cuenta de que lleva un *walkman.* Al llegar a la estupa se quita los auriculares, y no puedo evitar preguntar:

—¿Qué escuchas?

—Aprendo tibetano.

—Difícil.

—Mucho. De momento, sólo repito palabras. No lo hago por mí, sino por el nuevo lama que va a venir.

Siento que es el momento de aclarar ciertos conceptos. Disparo a bocajarro:

—Marisa, ¿tú has alcanzado la iluminación?

La monja deja ir una suave risa –desprovista de malicia– y dice:

—Por supuesto que no. Pero estoy en ello.

—¿Quién está iluminado entonces?

—Buda.

—Sí, hasta aquí llego... pero ¿quién, quienes más? ¿Los que estudian el dharma y lo aplican a su vida?

—No necesariamente.

—¿Los monjes?

—No necesariamente. –Y sonríe condescendiente antes de agregar–: A veces, ni siquiera los lamas han alcanzado la iluminación.

—¿No? –me sorprendo–. Pero si un lama, alguien que consagra su vida al dharma no se ilumina, ¿quién puede iluminarse?

—Buda, y los que son como el buda.

Tras unos instantes de reflexión, continúo:

—Si un lama, por ejemplo, alcanzase la iluminación, ¿los demás lo sabríamos? ¿Nos lo revelaría?

—¡No!, ¡no lo diría! ¡Faltaría más!

—Pero supongo que si una persona consigue iluminarse, los de su alrededor lo notaríamos.

—Lo dudo –responde con firmeza–, porque estamos tan sucios por dentro que seríamos incapaces de verlo.

35

Dedico la tarde a estudiar un sutra del buda. Describe los tres obstáculos que impiden aprender el dharma –la doctrina– y, por tanto, acceder a la iluminación. Compara al estudiante con un vaso de cristal que ha de contener las enseñanzas.

El aprendizaje se ve imposibilitado si:

- El vaso está boca abajo. El dharma no puede entrar porque la persona se cierra en banda. *(Puede ser mi caso).*

- El vaso tiene un agujero. Lo que entra por un lado –o un oído– sale por el otro, porque la persona no quiere o puede retener. *(También podría ser mi caso).*
- El vaso está sucio. Hasta la leche más pura se volvería agria, se contaminaría con un vaso así. *(Si no hubiera tres milenios por medio, diría que lo dijo pensando en mí).*

Los que hacen demasiadas preguntas pertenecen al tercer grupo. Por lo tanto, jamás se iluminarán. Saberlo me quita un enorme peso de encima.

36

A las 18:11 del sexto día doy por terminado mi retiro. En mi decisión ha pesado más mi conversación con la monja que «los tres vasos». Si ni los lamas, que llevan toda su puñetera vida dedicados a esto, consiguen iluminarse, ¿qué demonios hago yo aquí?

Recojo mis bártulos y salgo en busca del interno que hace de taxista en este lugar. Probablemente no haya ningún autobús en Padre Eterno, pero quiero bajar ya de este pedestal. Pasaré la noche en la primera posada que vea a tiro, comiendo jamón, patatas bravas y sangría. Aunque sólo sea por fastidiar.

Enseguida doy con el conductor, que acoge la noticia con gran sorpresa:

—¿Ya te vas? Espera un poco. Mañana nos traen un lama nuevo del Tíbet.

—Mañana es una eternidad.

37

Crónica del desapego #5

Siddhartha Gautama, alias el buda –o iluminado–, dijo: «Los extremos son como trampas o emboscadas; permanece en el medio, pero ni siquiera al medio te aferres». Lo mismo vale para la iluminación.

Por una vez, voy a hacer caso al buda. Mientras descendemos de la montaña en silencio, siento que me desapego de los lamas, del retiro y del desapego mismo. Quien lucha por desapegarse contrae un nuevo apego. Y yo he dejado de luchar.

Un último aforismo con 2600 años de solera: «El dolor es inevitable, pero el sufrimiento es opcional».

38

Al llegar al hostal –donde me llevó el conductor por un suplemento de 4,20 euros–, empecé a recuperar la perspectiva que permite mirar al pasado y al futuro. Durante seis días había estado sumergido en la pecera del aquí y ahora. Un traje, por cierto, muy estrecho para mí.

Soy un pez de aguas revueltas. Ricardo no es Ricardo a no ser que se proyecte hacia adelante y hacia atrás. No está tan mal deprimirse de vez en cuando, llorar de nostalgia y anhelar algo que ni ha sucedido ni sucederá, como ese libro perfecto eternamente por escribir. Sólo veinte minutos después de haber aterrizado en la civilización, me parecía increíble haber estado ahí arriba. Como cuando uno se pellizca para saber si ha soñado, al deshacer la maleta apareció la prueba del delito: un folleto que me habían entregado el primer día al registrarme. Lo leí como si se tratara ya de algo exótico. Proponía un curso-retiro de primavera en l'Empordà. Además del programa, especificaba el precio del curso y el número de cuenta en la que satisfacer el importe. En el reverso del folleto, una nota extravagante:

> Por respeto al dharma, aconsejamos que guarden este folleto en un lugar limpio. Si quieren desprenderse de él, les rogamos que no lo tiren, sino que lo quemen.

Asumí que no había entendido nada de budismo tibetano. Había algo que se me escapaba. ¿Qué diablos tiene que ver el dharma con un cupón de inscripción?

39

Con el barullo del televisor de fondo y un plato caliente en la mesa, traté de hallar un sentido a todo eso que se cuece ahí arriba. Encontré un paralelismo entre mi inútil búsqueda de la iluminación y una historia de *Las aventuras del soldado Švejk.* Su autor, Jaroslav Hašek, explica esta fábula:

«Un pobre campesino vio como el temporal arruinaba gran parte de su cosecha. Como estaba cargado de deudas, comenzó a temblar pensando que tendría que vender los cerdos y la vaca para pagar a sus acreedores.

No salía de su desesperación, cuando pasó por allí un sacerdote que quiso darle consuelo. El campesino le comunicó su desgracia, con lo que el cura –sacando un libro de su bolsa– se lo entregó diciéndole:

—Toma este catecismo y reza al señor para que te ayude. Su compasión te sacará de este mal trance. –Y se despidió.

El campesino se entregó a la lectura del catecismo y a la oración. Pasaron las semanas, y como la diezmada cosecha que obtuvo apenas le permitía subsistir y los acreedores apretaban y amenazaban, acabó teniendo que vender los animales para pagarles.

En el mismo lugar donde lo había encontrado por primera vez, pasó meses después aquel sacerdote. Éste le preguntó:

—Qué, ¿cómo ha ido todo?

A lo que el campesino respondió:

—También podría haberlos vendido sin catecismo.

40

Uno sueña en colores y la vida se encarga de montar la película en blanco y negro. Las mejores escenas siempre quedan fuera.

Doce años después del idílico viaje al monte Athos, cometí el grave error de querer repetir la experiencia con mi actual exmujer. Pasábamos por una mala época y aquello pretendía ser un viaje de reconciliación.

Como las mujeres tienen la entrada vetada al recinto, nos instalamos en un puerto cercano a la península sagrada. Era un invierno salvaje, y desde un café del muelle yo contemplaba fascinado como el mar azotaba las rocas. Le dije algo como:

—Fíjate en las olas, ¡qué belleza más bárbara!

Pero ella estaba cruzada, y sólo pensaba en volver al hotel para meterse en la cama con un Valium. Me gritó:

—¡Basta! Todas las olas son iguales, así que ¡mira una y vámonos!

41

Es bueno alejarse del ser amado para reavivar la llama. Al divisar las luces de Barcelona desde el avión me asaltó una nostalgia infinita.

Después de tantos días lejos de su abrazo, la alfombra de asfalto me acogía de nuevo como a un hijo pródigo.

No sé qué tienen las ciudades por la noche que me dan ganas de llorar. Tal vez sea la acumulación de sueños –tan pequeños se ven desde esta altura– y de resignaciones que componen un mosaico desolador. Es el precio que debemos pagar los prófugos del desapego.

Como ellos, vivo una existencia fragmentada, formada de sensaciones, recuerdos y algún deseo volátil que consigo mantener a raya. Tampoco es tan grave.

Estoy listo para regresar a los viejos escenarios. Respira hondo, Ricardo. Hay que volver a entonar la canción.

El pequeño libro del sexo

1

Amigo Ricardo,

Ha llegado el momento de que alguien te lea la cartilla. Siempre has sido una persona escurridiza, que tira la piedra y esconde la mano. Vas por el mundo impartiendo lecciones, con tu filosofía de cuatro duros que sólo impresiona a taxistas y peluqueras, y ya es mucho suponer. Te delatas, Ricardo. Aunque finjas ser hombre de mundo, no sabes de qué manera escandalosa muestras tus miserias cada vez que abres la boca o das un paso en falso. Porque tú no sabes qué es hacer las cosas del derecho. Vas saltando a la pata coja, huyendo de un problema para caer en el siguiente, salvando ese triste pellejo que no querrían ni en el Museo de Banyoles. Me das pena. Aunque te he perdido la pista, me llegan por terceras personas tus fechorías, esas mezquindades tan tuyas que disfrazas de torpeza.

No pretendo retomar el contacto contigo. Te envío esta carta como un simple espejo que te muestra quién eres y lo que nunca serás.

Ana O. J.

2

Aturdido, guardé la carta, que había esperado pacientemente mi regreso en el buzón. ¿Quién podía ser esa Ana O. J.? Tal vez había conocido a cuatro o cinco Anas en mi vida, pero no recordaba haberlas fastidiado tanto. ¿O sí?

Tampoco me constaba ninguna amante con ese nombre. ¿Sería una amiga despechada? ¿Por qué motivo? ¿Alguna antigua colaboradora que no hubiera cobrado? ¿Quién podía tener si no tanta mala leche?

Esa bofetada manuscrita me hizo pensar en un pasaje de *El Danubio,* de Claudio Magris. Habla de Ferdinand T., un constructor de catedrales que apuntaba todas las trastadas que le hacían –y no eran pocas– en lo que él llamaba el «Libro de las villanías», una especie de fascículo donde registraba con la debida distancia todas las ofensas.

De repente, era consciente de que una mujer me tenía en su libro de las villanías particular. Y no contenta con eso, me mandaba esa carta –notablemente escrita– para comunicarme mi ingreso en el fascículo. Tendría que investigarlo.

3

—¿Cómo ha ido el retiro? –preguntó Odelia abriendo los ojos más de lo común.

—Estudiando cómo hacer que desaparezcan algunas pautas y guiones de mi vida. Pero no es tan sencillo.

—Por su media sonrisa supe que no acababa de entender a qué me refería. Iba a explicárselo mejor cuando, adoptando el papel de secretaria eficiente, dejó caer un tocho mecanografiado sobre la mesa.

—Vino Juanjo Rey hace un par de días –dijo.

—Supongo que es el texto definitivo.

—¿Qué título le habíamos puesto? –pregunté mientras extraía el original del sobre.

—*El pequeño libro del sexo.* Pero dijiste que era provisional.

—Provisional como la vida misma. Pero ya lo ves: al final siempre se vuelve al repertorio clásico.

—¿No te gusta el libro? –preguntó Odelia.

—No me gusta el autor. Los de arriba han pedido un título comercial porque el *Cúrate en tu casa* ha quedado anulado. Hice todo lo que pude por salvarlo, pero estaba herido de muerte. Y nadie como Juanjo Rey para despacharse una nueva obra en tres semanas.

—¿En tan poco tiempo la ha redactado?

—Qué remedio, mantiene a tres mujeres. Lástima que no sepa escribir.

—¿Cómo lo sabes? Todavía no lo has leído.

—Ni falta que hace. Recuerdo que cuando le hice el encargo me dijo: «Vamos a hablar de lo humano y lo marrano». Y le tuve que reír la gracia, porque nos hace falta el libro. Pero aún no sabes lo peor.

—¿Qué? –dijo Odelia disimulando un bostezo.

—Antes de irse a casa a escribir este bodrio, me regaló su cómic favorito. Cogí de un estante un cuadernillo a color con el título *Marujas pillando cacho.*

—¿De qué va esto?

—Cuatro cuarentonas algo deformes que ligan un montón.

—Qué gracia.

4

Por mucha fama de cretinos que tengan los editores, hay algo que los honra: sienten un extraño placer al dar trabajo a sus colaboradores. Les encanta. De hecho, es casi una enfermedad.

Cuando me presentaron a Juanjo Rey supe que nos iba a hacer sufrir. El tipo era dicharachero, y tal vez ahí estaba el problema. Los buenos redactores y traductores se distinguen por esa piel blanca mortecina que delata su encierro en la cripta. El autor de *El pequeño libro del sexo,* en cambio, tenía las mejillas sonrosadas y olía a bares. Pero no había elección.

Umberto Eco dice que «un autor debe buscar siempre la ruina de su editor». Con el original en la mano me di cuenta de que, en ese sentido, Juanjo Rey iba para autorazo.

5

Después de pasar el fin de semana en la redacción, el domingo por la tarde se me vino encima como una losa. El apartamento se había convertido en una prisión. Con el coche en el taller, decidí bajar en metro al centro a airear las ideas.

Llovía y, aunque había vuelto a leer la carta, creo que mi depresión empezó al encontrar en el vagón un diario deportivo atrasado.

No me interesa el fútbol, pero sí sus titulares. Poseen una épica descarnada que a veces me pone la piel de gallina. La página en cuestión hablaba de un partido homenaje que el Cádiz había organizado a Mágico González, su jugador mítico en los ochenta. El salvadoreño no estaba pasando por su mejor momento, y al aterrizar declaró emocionado: «Vengo a jugar con barriga y joroba».

De alguna manera me identifiqué con él porque, después de dar tantos tumbos, yo también juego con barriga y joroba. Ese domingo de lluvia era un lance más de mi clásico partido contra el Miserias F.C., con el que tengo todas las de perder.

6

He sido neurótico desde muy pequeño. ¿Quién ha dicho que los niños no sufren depresión? Yo siempre estaba asustado. Los maestros nos pintaban tan mal el futuro que estaba convencido de que jamás encontraría trabajo, que cuando faltaran mis padres moriría de hambre. Recuerdo que a veces deseaba ser viejo –haber dejado atrás la lucha por la vida– para estar cobrando ya la jubilación.

Tal vez no era el único de mi clase en pensar así. A menudo se me aparecen aquellos rostros infantiles y me pregunto: ¿qué deben hacer ahora? Seguramente están gordos y asquerosos, ven la tele cada noche y se pagan una mutua médica. Hay que ver qué pensamientos más sombríos le vienen a uno el domingo por la tarde.

7

El resto del trayecto intenté sumergirme en *Lo bello y lo triste,* una novelita del japonés Kawabata. Como si el Dios de la casualidad hubiera escuchado antes mis pensamientos, entre los porches floridos de Kioto surgió una voz agria:

—¿Por qué lees estas mariconadas?

Levanté la mirada. Quien me hablaba era un calvo ceñudo con un cigarrillo apagado en la oreja.

—¿Juanito?

—Correcto.

Me había tropezado con ese tipo veinte años atrás. Había sido el niño repelente de la clase; y quien tuvo, retuvo. En nuestro último encuentro me contó que se había establecido como ingeniero. No le iba mal, aunque seguía sin tener amigos.

Le pregunté de nuevo y me dijo que nada había cambiado. Eso sí, se había comprado un piso más grande para pasear su soledad.

—Me vuelvo para casa –dijo–. Yo el domingo, si no tengo plan, me leo un capítulo del *Jiménez Montoya,* que es la biblia del hormigón. Al menos sirve para algo, no como estas mariconadas.

8

—¿Tienes un minuto? –preguntó Odelia asomando la cabeza en el despacho.

—Y dos.

—La correctora me ha dicho que *El pequeño libro del sexo* es más pequeño de lo que nos pensábamos: faltan dos capítulos.

—¿Cómo es eso?

—El siete y el doce están en blanco. Tal como suena.

Miré el índice y vi que correspondían a «El arte de la seducción» y «Pero, ¿qué es lo que quieren los hombres?». Maldije a Juanjo Rey. El muy bribón se había saltado las dos piedras angulares del libro.

—¿Has llamado al autor? –le pregunté.

—Sí, dice que se deben de haber traspapelado. Los está buscando.

—El viejo truco. Dile que descanse, se lo descontaremos del importe.

—¿Y cómo lo solucionamos? –preguntó Odelia.

—Vamos a escribirlos tú y yo.

9

Antes de iniciar la redacción de los capítulos, estuve cavilando sobre todo este embrollo del sexo. Nunca he entendido a estas parejas que dicen: «Nosotros, los problemas los arreglamos en la cama». Creo que el sexo está sobredimensionado. Sólo hay que mirar en las encuestas el índice de coitos *per cápita:* una ridiculez en comparación con la saliva que se gasta en hablar del asunto. Y es que éste es un país de faroleros.

Muchos han tomado prestada la antorcha de Freud, quien reconocía «haber hecho muy poco uso de la libertad sexual que postulaba», y se empeñan en interpretarlo todo a partir de la entrepierna. Son análisis simplistas, basados en primeras impresiones y en el propio deseo de los interpretadores.

Pero la primera impresión puede engañar. Pongo como ejemplo mi primer viaje a Praga: nunca olvidaré mi entrada en la Checoslovaquia de entonces. Llevaba treinta horas en un autocar de estudiantes católicos. Me desperté después de una cabezadita y supuse, por la hora, que ya habíamos cruzado la frontera. La primera imagen desde la ventanilla: dentro de un turismo que corría paralelo a nosotros, un brazo de mujer se introducía en el pantalón del conductor

–de quien no veía la cabeza– y ondulaba bajo su bragueta, mientras el coche avanzaba a una velocidad exageradamente regular.

Luego comprobé que no todo el país era eso. Una lástima, por otra parte. Las checas valen mucho la pena.

10

Las calenturas mentales concluyeron al irrumpir mi hija en la redacción. No le había visto el pelo desde el episodio de Solete.

—Qué hay de nuevo, viejo –dijo antes de darme un sonoro beso en la oreja.

—Vaya, ¡qué sorpresa!

—¿Buena o mala?

—Siempre buena. Por cierto, estás muy guapa con ese jersey rojo.

Edna sacudió coquetamente los hombros. Luego apartó de un soplido un rizo que se había alojado bajo sus gafas.

—¿Te perdonó Rafael lo de Solete? –le pregunté.

—No me hables de ese idiota.

—¿Te refieres a Rafael o a Solete?

—A Rafael, por supuesto: ese gusano convencional, insípido y cobarde. Es de los que regalarían un libro del filósofo de la Ramblas.

—El *poeta* de las Ramblas –puntualicé.

—Bueno, es lo mismo. El caso es que ya no le quiero.

Y envolvió esa última frase con un halo de silencio, mientras pasaba revista a una estantería con nuestros últimos títulos publicados.

—*Tofu gourmet* –recitó–, *En la cama con el doctor comida*... ¿Quién compra esta mierda de libros?

—No hables así. Nuestro público natural son los hipocondríacos y las constipadas endémicas.

—Usas ese vocabulario para que no te entienda. Tengo una curiosidad: ¿por qué nunca dices tacos?

—La vida ya es en sí un taco suficientemente gordo, ¿no te parece?

11

Invité a Edna a comer en el 4 Estaciones, mi restaurante vegetariano favorito. Lo pasamos en grande. Tal vez sea amor incondicional de padre, pero cuando Edna está de buen humor podría pasar horas charlando y riendo con ella.

Esa chica promete: es despierta, sabe lo que quiere y no se corta a la hora de pedirlo. En esta ocasión pedía doscientos euros para irse a esquiar con un tal Jofre. Le firmé el cheque a regañadientes, no tanto por el dinero como por el hecho de que se fuera el fin de semana con otro. Sé que es absurdo, pero lo vivo como si me estuvieran robando a mi hija.

—¿Es tu novio? –le pregunté.

—Es un amigo fuerte.

Con el tiramisú, le conté el tema de la misteriosa Ana O. J. que me ponía a parir por carta. La había traído para mostrársela. Después de leerla con una sonrisa burlona en los labios, lanzó una carcajada.

—¿Dónde está la gracia? –protesté.

—Eres tonto, papá, ¿no ves que el nombre está escrito al revés? Es un truco muy viejo.

12

Tal vez sí que me había faltado algo de perspicacia. No hacía falta saber que Ana O. J. –leído al revés– da «Joana» para entender que una carta como ésa sólo podía salir de mi *ex*. ¿Qué pretendía? Encima me había dejado como un monigote delante de Edna.

Antes de volver a la redacción, llamé a Joana desde el móvil. Los trapos sucios hay que lavarlos en casa, pero yo lo hice en la calle. Como siempre, saltó el contestador. Los acostumbrados quince segundos para hablar:

—Joana, hay que tener mucha cara para escribir eso después de pedirme un préstamo. ¿De qué vas? Te podría rebatir la carta frase por frase. Si pusiera yo por escrito tus defectos, podrías empapelar toda la casa. Pero tenemos una hija en común y…

La línea se cortó. Había agotado mi tiempo.

13

—He pensado que podemos esbozar un guión de cada capítulo y pasárselo al argentino para que lo redacte –propuse.

—¿El todero? –preguntó Odelia.

—Sí, es un todoterreno siempre que se le diga exactamente lo que debe hacer. Entre sus muchas virtudes, Dios no le ha dado la de la creatividad.

—Buena idea. Entonces se lo tendremos que poner muy clarito.

Dejó un papel blanco sobre la mesa, mientras mordía el capuchón del bolígrafo a la espera de que yo abriera fuego.

Me extravié en varios pensamientos. «Es curioso que nunca haya visto a Odelia como objeto sexual –me decía–, pues no le falta nada para volver loco a un hombre. ¿Será porque le doblo la edad? ¿Por el hecho de estar casada? ¿...O porque siempre me saca las castañas del fuego? Además está toda esa tradición de los líos entre jefes y secretarias».

Odelia cortó mi flujo mental con la pregunta:

—¿De qué capítulo estamos hablando?

—De «El arte de la seducción». Le pediremos que escriba unas cuantas generalidades, pero hay que decir algo más. A ver, ¿tú cómo sedujiste a tu marido?

—La verdad es que no hice nada –me miró divertida–. Se dedicó a perseguirme hasta que acepté salir con él.

—¡Ahí está! –exclamé–. Ya lo decía Platón o quien fuera: la persona amada sólo necesita *estar.* Todo el esfuerzo corresponde al amante. ¿No te parece injusto?

—No me lo había planteado. ¿Cómo lo haces *tú* para seducir? –Y enrojeció por haber hecho esa pregunta.

—¿Qué te hace pensar que seduzco? Déjame abrir un paréntesis: en la revista en la que trabajé en mis inicios, había un maquetista que siempre ligaba con mujeres estupendas. Todos nos preguntábamos cómo se lo montaba, porque el hombre era calvo, bajito y soseras. Un día lo emborrachamos y nos contó su secreto: «Yo lloro», dijo.

—¿Y ya está?

—Sí, iba de tierno. A muchas mujeres les llega al alma que un tipo hecho y derecho vierta lágrimas en su hombro.

—No has respondido a mi pregunta –apuntó Odelia.

—Tienes razón, cierro el paréntesis. ¿Que cómo seduzco? La verdad: como buenamente puedo. Pero los que fuimos feos de jóvenes tenemos una ventaja.

—¿Ah sí? ¿Cuál?

—Pues que nos volvemos más atractivos con el tiempo, al contrario de lo que sucede con los guaperas. Llega un punto en el que sólo puedes mejorar. En ese sentido, un joven adefesio puede convertirse en un maduro *interesante*, sobre todo si está libre. ¿Conoces el efecto *gafas de cerveza?*

—¿Qué es eso?

—La teoría de un antropólogo de Harvard que estudió los bares de solteros. El trabajo de campo se centraba en los hombres, pero vale igualmente para las mujeres. Comprobó que el nivel de exigencia de los varones iba bajando a medida que avanzaba la noche y se acercaba la hora de cierre. De diez chicas disponibles, los encuestados al principio sólo habían seleccionado una o dos, las más deseables según los cánones de belleza establecidos. Dos horas más tarde, con unas cuantas cervezas encima, al espectro de las deseadas se sumaban cinco o seis *normalitas* que no habían pasado la primera criba. Media hora antes del cierre, los solteros incluyeron en su lista de preferencias a las mujeres inicialmente peor colocadas. Al final entraron todas, lo cual no significa que todos los solteros acabaran ligando.

—Qué triste.

—Es pura antropología.

14

Llegué a casa algo espeso. Me embargaba un amargo sentimiento de distancia, aunque no podía precisar de qué estaba distanciado. No recuerdo haber tenido nunca un centro del que poder alejarme.

Tal vez sea la acumulación de libros, cuadernos y papeles que parasitan mi piso. Tanta porquería que algún día fue importante para mí. Por un instante sentí nostalgia de mi celda en las Alpujarras. Allí un libro era una burbuja de contenido. Aquí cada cosa es un elemento más en el universo de la dispersión.

Me hallaba en estas cavilaciones, cuando alguien decidió devolverme de bruces a lo mundano. La luz del contestador parpadeaba reclamando mi atención. Me acerqué precavido y pulsé el botón. Era Joana:

«Ricardo, estoy de acuerdo en que tenemos que hablar. He pensado en mañana por la noche a las 21:30. Apunta esta dirección…».

15

Hacia el mediodía dimos por concluido el esbozo de «El arte de la seducción». Faltaba el capítulo que cerraba el libro, todo un compromiso.

Antes, sin embargo, tuve que soportar la enésima bronca telefónica del autor de *Cartas a mi abuela,* un original recibido cuatro años antes que había caído definitivamente en desgracia.

—En su momento me dijeron que les interesaba –repitió indignado.

—No sería yo –repuse–. De hecho, la persona a la que gustaba el libro murió hace un año.

—¿Qué significa eso? ¿Es que cuando muere un editor, sus libros mueren con él?

—Significa que es mal momento para poemas de abuelas. Las están mandando a los asilos a carretadas. No me culpe a mí por ello.

Y colgué.

En cuanto Odelia vio vía libre, entró nuevamente en el despacho para tomar apuntes.

—Hay gente elefantina –le dije.

—¿Qué quieres decir?

—Los elefantes son buenas personas, pero son pesados.

16

Después de una comida frugal en un chiringuito árabe, volví rápidamente a la redacción para encarar el capítulo final de *El pequeño libro del sexo.*

—Pero, ¿qué es lo qué quieren los hombres? –pregunté a Odelia, muy metida en su rol de coautora.

—Depende de cada caso –respondió–. Aunque me parece que casi todos quieren cama.

—¿Y qué más? Acotemos el asunto.

—Supongo que desean ser valorados, sentirse importantes.

—Nos acercamos al meollo de la cuestión: de acuerdo, quieren sexo, también quieren reconocimiento y algo de cariño maternal. Pero volvamos al título del capítulo: en realidad, ¿qué es lo que quieren los hombres?

Odelia me miró expectante, el papel lleno de notas y garabatos. Sabía que me correspondía a mí contestar a esa pregunta, así que concluí:

—Yo diría que los hombres no buscan masajes tántricos, ni acrobacias imposibles en la cama. No son tan exigentes como os imagináis. Se mueven en un plano mucho más básico. En el fondo, sólo quieren que les hagan un poco de caso.

17

De camino a mi cita con Joana, me preguntaba: pero, ¿qué es lo que quiere esa mujer?

Como siempre, ella había optado por la política de hechos consumados. Sin plantearse si a mí me iba bien o mal, me convocaba en una dirección del actual Rawalstán a las 21:30. Supuse que sería uno de esos caros restaurantes que afloran para cazar a turistas incautos. Y yo iba a pagar el pato.

Hacía más de dos años de nuestro último encuentro, convertido ahora en una nebulosa lejana. No debió de ir muy bien, ya que desde entonces nuestra comunicación se había limitado a alguna tensa conversación telefónica y unos cuantos mensajes a través de Edna.

Sólo recuerdo que Joana estaba delgada como un papel arrugado, y tenía una reserva importante de bilis que me estalló en la cara sólo con poner el pie en su *loft*. Ella siempre está pidiendo cuentas a todo el mundo, y esa noche yo era –por algún motivo– su acreedor.

18

En la dirección convenida no había un restaurante de diseño, sino un edificio inmundo con el letrero «PENSIÓN STARDUST». Por lo sórdido de la recepción, entendí enseguida que aquello era un *meublé,* un picadero por horas donde los rufianes llevan a sus fulanas.

Sin llegar a entender el sentido de todo aquello, pregunté por mi *ex* al recepcionista, un viejo desdentado con un palillo en la boca.

—Le espera en la habitación cinco –dijo–. Me ha pagado hasta las doce. Todo lo que pase de ahí son seis euros la hora.

Aturdido, empecé a subir los escalones que llevaban al primer piso. Antes de perderme por un pasillo lleno de puertas, me llegó la voz del recepcionista. Creo que iba por mí:

—¡Valor y al toro!

Plantado delante de la habitación 5, seguía sin comprender por qué Joana –una niña bien de cuarenta y seis años– me había citado en aquel burdel.

Llamé suavemente con los nudillos. Primero se impuso el silencio, luego escuché un suspiro y la puerta se abrió.

Al otro lado me esperaba Joana con lencería roja mínima e importantes novedades: un par de pechos de silicona que pugnaban por saltar fuera del sujetador. Su barriguita había desparecido por arte de magia –o liposucción– y, como pude ver más tarde, sus nalgas se levantaban, prietas y altivas, como las de una adolescente.

—¿Qué te parece? –dijo cerrando la puerta tras de mí.

—¿Para eso querías el préstamo? –repuse, y me senté en la cama para ganar perspectiva.

—No seas obtuso. Lo que ves es fruto de seis intervenciones. Tú sólo has pagado la última.

Y para ilustrar esto último se desabrochó el sujetador, que cayó al suelo dejando en libertad dos pechos de campeonato.

—¿Y todo esto para qué?

—Tengo derecho a ser feliz –dijo encendiendo un cigarrillo.

—¿Qué tiene que ver la felicidad con implantarse dos pelotas de baloncesto?

Para mi sorpresa, encajó bien la puya y sonrió con soberbia. El cirujano no sólo le había hinchado las redondeces, sino también el ego. Supongo que se trata de eso.

Me dispuse a pedirle explicaciones –de la carta insultante, de la cita en el *meublé,* de tantas cosas más–, pero Joana es una especialista del golpe de efecto:

—¿Verdad o acción? –dijo con un tono falsamente inocente.

—¿Cómo?

—Ya lo has oído. Qué quieres, ¿verdad o acción?

Aquél era un juego que yo no practicaba desde los catorce años, cuando nos reuníamos unos cuantos en casa de una compañera de clase a ponernos las pilas.

La cosa iba así: nos sentábamos alrededor de una mesa y hacíamos girar un bolígrafo. La persona señalada debía elegir «verdad o acción». Si elegías verdad, te hacían una pregunta obscena que sólo podías contestar con una mentira; si pedías acción, lo normal es que te hicieran desnudarte, besar a las chicas, o dejarte tocar por ellas. Los chicos siempre pedíamos acción, ellas casi siempre verdad; pero a medida que avanzaba el juego, la cosa se caldeaba y se dejaban las verdades de lado.

En esta ocasión –por algún motivo que se me escapaba– el bolígrafo me había señalado sólo salir de casa. Fui fiel a mis principios:

—Acción.

—Fóllame.

19

Hay asociaciones que son tan evidentes que se escapan a primera vista. La primera vez que me acosté con Joana, puse un casete en el que había grabado veinte veces la canción *Lady Stardust* de Bowie. Nos revolcamos durante horas mientras el tema sonaba una y otra vez, porque el reproductor era *autoreverse.*

Tres décadas después, ella me había citado en aquella pensión, como si esa coincidencia bastara para resucitar una velada mágica. Pero era imposible: ella ha cambiado, yo he cambiado, y el mundo ha cambiado con nosotros.

En la oscuridad de la habitación, Joana roncaba nuevamente a mi lado. Yo permanecía despierto, tratando de recuperar algo: no la velada del *Lady Stardust* –de la que aquel encuentro era un triste simulacro– sino otra primera vez. Recordé con emoción el primer abrazo. Su cuerpo me supo dulce: advertí unos pechos prematuramente caídos y una leve barriga, también un trasero algo grande –para la delgadez del torso– y más bien plano. Pero a mí me parecieron las formas del edén.

La prefiero mil veces a la diosa de goma contra la que había rebotado esa noche. Eso es algo que algunas mujeres nunca entenderán: los hombres no piden perfección; en el fondo buscan naturalidad, simpatía, emoción. Y que les hagan un poco de caso.

20

Amanecí solo en la cama, con un sol que ponía al descubierto las vergüenzas de la habitación. Lo primero que me pasó por la mente fue: «Me están cobrando seis euros por cada hora que estoy en este cuchitril».

Tal vez fuera éste un pensamiento muy catalán, pero el caso es que un ágil resorte me hizo saltar de la cama. Fue entonces cuando encontré la nueva carta de Joana, probablemente la última:

Gracias por participar. De verdad, te has esforzado. Aún debes de estar preguntándote el porqué de todo esto. Digamos que yo necesitaba un punto de referencia para reempezar de cero. Al menos ya sé lo que no quiero.

Sinceramente, nunca he creído que pudiera haber una reconciliación entre nosotros. Pero necesitaba comprobarlo.

Si te sirve de consuelo, ya no me caes tan mal. Somos dos especies distintas y punto. ¿Crees que se entenderían un tigre y una ardilla? Por supuesto, tú eres la ardilla. Lo digo por lo escurridizo, y porque comes frutos secos en lugar de filetes. Cuídate,

Joana

PD. Por cierto, eres un pésimo padre. ¿Cómo se te ocurre darle dinero a Edna para que se la cepille un tipo que le dobla la edad? Por lo que más quieras, Ricardo, ¡es una menor!

21

Después de regalar a Odelia mi disco de Bowie, me fijé un noble objetivo: no pre-ocuparme. Separar lo esencial de lo accesorio, no permitir que el ruido de fondo me impida escuchar la música de la vida.

Al libro *de* Juanjo Rey le siguió un plato menor, *El cofre de la salud,* un manual de medicina naturista adquirido a un chileno en un momento de ofuscación. Como no había vuelta atrás, me propuse enfrentarme al original con empatía. La dedicatoria era en sí todo un aviso:

«A los enfermos crónicos, a los ancianos, a los incurables, a los pobres de espíritu, a los sanos de apariencia, a los débiles, a los depresivos, para que hallen en este libro la llave de su curación».

«Vamos a no pre-ocuparnos» me dije, y acto seguido me zambullí en el original. Tras un catálogo con las 142 dolencias que había padecido el autor, venía el capítulo denominado «La dieta maravillosa». Los titulares eran algo repetitivos: «Alimentos maravillosos», «Tisanas maravillosas», «Complementos maravillosos»...

Dispuesto a conservar la calma hasta el final, telefoneé al autor, que descolgó el auricular de inmediato:

—Oye –le dije sin ambages–, he detectado en tu libro cierta reiteración del adjetivo «maravilloso». ¿Te parece que busque algunos sinónimos?

—Me parece maravilloso.

Sigue esa nube

1

Siempre he tenido la sensación de hallarme en una fase provisional, de estar en tránsito, pero ¿hacia dónde? No conozco nada definitivo aparte de morirse.

Uno vive de oído, y está condenado a salir de aquí sin saberse de la letra la mitad. Así es como veo la existencia: un conjunto de notas, en tono menor, que forman una melodía desangelada. Al vivir vamos componiendo nuestra canción, y la interpretamos lo mejor que podemos; pero a diferencia de los conciertos puramente musicales, que nadie espere un aplauso cuando abandone este escenario miserable.

2

En la editorial había saltado la señal de alarma. El último ejercicio arrojaba unas pérdidas de órdago. Los dos propietarios de la compañía me anunciaron –puro en mano, como los del sindicato del crimen– que iban a rodar cabezas y que la mía estaba en primera posición.

—Necesito un par de meses para reorientar nuestro catálogo –pedí.

—De acuerdo. Pero si hay otra avalancha de devoluciones, se acabó.

Al parecer, nuestros títulos no aguantaban el tipo en las librerías. Después de conocer unas semanas de gloria en los estantes, se volvían por donde habían venido como hijos pródigos.

De ocho novedades, sólo había funcionado *El pequeño libro del sexo.* Pero no había vendido tanto como para tirar del carro. Y ahora llegaba el ultimátum.

La situación me empujaba a tomar una dolorosa decisión. No tenía alternativa.

3

Aunque en la calle el aire empezaba a ser más tibio, encontré el dormitorio helado como una cueva.

Mientras me desnudaba, pensé que sería una catástrofe perder mi puesto a esas alturas. Me faltaban catorce años de hipoteca para acabar de pagar mi apartamento de divorciado. Liquidez, poca o más bien ninguna. Y dos meses son poco tiempo para cambiar una dinámica a la baja. Pintaban bastos.

Recordé un comentario sobre los bancos que había leído recientemente. Inquieto, salté de la cama a buscar el texto en cuestión. Era una cita del ensayo *Money and Class in America* que firmaba un tal Lewis H. Lapham:

No es casualidad que los bancos parezcan templos, preferiblemente templos griegos, ni que los suplicantes que acuden a realizar los ritos del depósito y el reintegro instintivamente bajen la voz hasta adoptar el tono del temor de Dios. Hasta los cajeros más noveles adquieren a las pocas semanas de ocupar su puesto la oficiosidad de los hierofantes que vigilan una llama eterna. No sé cómo se inician tan rápidamente en los misterios del culto, ni quién los instruye en las inflexiones precisamente articuladas del desprecio por el lego, pero de algún modo aprenden a pensar de sí mismos que son proveedores del ADN monetario que es el soplo de la vida.

4

Aún di unas cuantas vueltas al asunto antes de conseguir dormirme. Pensaba en el banco, que me arrebataría el piso en cuanto dejara de pagar tres meses seguidos. ¿Se cumpliría mi destino de rata de *containers?*

Tal vez debería haber ahorrado algo para aplacar mi carácter neurótico. Aunque es difícil: el sistema está tan bien hecho que reabsorbe de inmediato cualquier excedente que perciba el trabajador. Cuando te aumentan el sueldo, aumentas automáticamente tus gastos fijos para seguir con la soga al cuello.

Si ganamos más de lo necesario para vivir, ¿en qué gastamos el resto? Es fácil: en coches, en bancos –sí, ésos también nos cuestan dinero–, en psicoanalistas.

Esto último me llevó a pensar –maravillas del insomnio– en Guy Corneau, autor de la teoría de la peonza. Dice que una persona equilibrada es como una peonza en plena rotación. Mientras mantenemos la velocidad, todo va bien, pero el suelo –la realidad– y la fricción –los problemas– hacen que la peonza frene. Los pensamientos se estancan. Las mismas ideas acuden a ti una y otra vez, porque no puedes pensar con agilidad.

No está mal la teoría, pero en realidad recordaba a Guy Corneau por una anécdota que contó en una conferencia a la que asistí años atrás. Según dijo, de joven había padecido una gravísima enfermedad que no le dejaba hacer vida normal y lo tenía hundido en la miseria.

Algún iluminado le aconsejó entonces que visitara a un célebre psicoanalista de Toronto. En su primera y última visita, el canadiense le pidió que le explicara su problema. Corneau expuso con pelos y señales cómo aquella dolencia había arruinado su vida. Tras cincuenta minutos aguantando el rollo en absoluto silencio, el psicoanalista declaró:

—Señor Corneau, después de escucharle puedo decir que su enfermedad es la parte más sana de su personalidad.

Aturdido, el paciente pidió:

—Explíquemelo mejor.

—Me encantaría, pero se ha acabado su tiempo.

Veinte años después, Corneau comprendió que el psicoanalista de Toronto le había revelado una gran verdad. Cuál era esa verdad, creo que nunca lo dijo.

5

—El sueño ha terminado, Odelia. Adiós a los libros de salud, a las dietas semiveganas, al tofu.

—¿Qué ha pasado?

—Los de arriba exigen que demos un golpe de timón al plan editorial. A partir de ahora, sólo quieren libros comerciales. Si volvemos a fallar, nos mandan a todos al garete.

—No pensé que la situación fuera tan grave –dijo Odelia palideciendo.

—Es más grave de lo que imaginas. Vamos a publicar autoayuda pura y dura, como en los inicios. Prepara una sonrisa bien ancha. Junto con el sexo, es lo único que vende.

6

Asediado por el sueño, pasé el resto de la mañana abriendo sobres con originales teóricamente comerciales que habían mandado las agencias.

El primero era *La manzana podrida: una fábula de mística empresarial.* Lo descarté por el sólo hecho de venir en Comic Sans, una tipografía que me pone los pelos de punta. Rechazo, por principio, cualquier propuesta que llegue con esa fuente.

Luego le tocó el turno a *El arte de conformarse,* que incluía una foto del autor: un ser demacrado que parecía haber despertado tras mil años de hibernación en las catacumbas del saber. También éste volvió al sobre.

Un tercer original, remitido por un particular, me llamó poderosamente la atención: *Preguntas.* Estaba escrito por un septuagenario venezolano de nombre Guillermo Loreto, que vertía en el volumen miles de preguntas –a bocajarro, una detrás de otra– recogidas a lo largo de una vida de perplejidad.

Leí al azar algunas de ellas:

¿Sentirá algo la Tierra cuando la besamos?
¿Quién gradúa el azul del cielo?
¿Necesitará Dios defensores?
¿Será que las islas no se cansan de bañarse?
¿Cómo será la sombra de una sombra?
¿Dudará alguien del valor de las dudas?
¿Conoce usted el interés de caminar a la deriva?

«Sí, lo conozco», respondí al tocho encuadernado. La tenacidad de aquel notario del interrogante me había llegado al alma. En la breve biografía del autor vi que a aquel volumen seguían *Segundas preguntas* y *Terceras preguntas*, todos ellos sin publicar. Definitivamente, se había ganado mi simpatía.

Contraviniendo mi costumbre, decidí contestar de mi puño y letra al autor:

Esforzado señor Loreto,

He hojeado con vivo interés su libro Preguntas. Desgraciadamente, ahora mismo no se lo puedo publicar; quizá cuando usted tenga el libro de las respuestas. Al fin y al cabo, eso es lo que quiere la gente, respuestas, aunque sean falsas.

Afectuosamente,

Ricardo Boix

7

Contra el peligro, se dice que sólo hay tres respuestas posibles: lucha, resistencia o huida. Ante el naufragio editorial, yo había optado claramente por la huida: ¿qué otra cosa son, si no, los libros de autoayuda?

Mientras un desconocido te dice lo que tienes que hacer, el verdadero conflicto queda latente. Pues es cada uno –y no Paco Amalfi o Sarah Jones– quien tiene la única llave que abre la cerradura. Otra cosa es que queramos esforzarnos en buscar esa llave. Tal vez sea más cómodo tomar una prestada, aunque sea de juguete y no abra ninguna puerta. Ni siquiera una ventana.

Había que cargar con ello. Sin embargo, antes de caer en el infierno del pensamiento positivo, me hice con un antídoto para no perder la cordura. Siguiendo el ritual inaugurado en la Alpujarra, escribí en la cubierta de una libreta: *Breve glosario de la autoayuda*. Lo haría para desquitarme de las toneladas de tópicos que estaba a punto de poner en circulación.

8

Breve glosario de la autoayuda #1

AUTORES - *¿Quiénes son los autores de la autoayuda? Ése es el problema, porque la mitad de los nombres son falsos. Hay mucho redactor mercenario que se despacha un título al mes –la máquina de hacer libros– y luego firma bajo seudónimo para que no se le vea el plumero. Se suele optar por nombres ingleses y alemanes, porque dan más el pego que poner en portada –digamos– J.M. Contreras.*

Un libro puede, incluso, no tener autor y ser producto de un ensamblaje en el que intervienen, a desgana, unos cuantos editores júnior. Pura faena de artesanos que cortan y pegan de otros manuales. En estos casos hay que encontrar a un advenedizo para que firme el contrato legal del libro, pues aunque no haya autor, alguien tiene que responder de la autoayuda –y comerse el marrón si la cosa se tuerce–.

9

Ya en el coche, la cabeza me basculaba hacia atrás de puro cansancio. Puse el «doble blanco» de los Beatles –en concreto la nana *Good Night*– antes llegar al apartamento a morir en el colchón.

Ni siquiera me apetecía cenar, sólo abandonarme al reparador vacío que enlaza un día con el otro, y este último con el siguiente, hasta que se acabe el carrete. Sí señor: ser tragado por ese agujero negro que conduce al cielo o al infierno. Es la ventaja de soñar: como los sobres sorpresa que me compraban de pequeño, no sabes lo que hay dentro.

10

Mientras aparcaba, me pareció ver un espejismo justo ante la puerta de casa, y no precisamente un oasis de palmeras datileras. Era algo mucho más sórdido: la antipática estampa de Nemesio secundado por Solete, que ladró tres veces al advertir mi presencia. Esto me acabó de convencer de que aquello no era un sueño ni una pesadilla –más quisiera–, sino una bofetada que el destino me tenía reservada ese martes a las diez y cuarto de la noche.

Primero pensé en hundir el pie en el acelerador y tomar habitación en un hotel del extrarradio, aunque fuera la pensión Stardust. Pero ya era tarde para eso. Nemesio agitaba su brazo triunfante, mientras Solete me dedicaba una nueva sarta de ladridos al más puro estilo rapero.

Salí del coche con la intención de echarlos de ahí a patadas. Pero Nemesio tenía un as en la manga:

—Felicidades, Ricardo. Venimos a celebrar tu cumpleaños.

11

¿Hay algo más triste que contemplar, un martes por la noche, una tartaleta individual con un 5 y un 1?

—Sopla las velas, Ricardo. No se cumplen cada día cincuenta y un años.

—Pensaba que nadie se acordaba. Odio celebrar estas cosas.

—Pues ya ves. No he traído un pastel más grande porque soy diabético, ¿te acuerdas? Solete tampoco anda muy fino. Le han diagnosticado cataratas.

—Llévalo a la Clínica Barraquer –contesté con sorna–. O cuando se quede ciego, le cedes una de tus retinas. Así os podréis mirar de reojo todo el día.

—Menos guasa. Me preocupa ese animal. Me he acostumbrado a él, y él a mí, supongo.

—Tal para cual.

—¿Sabes qué me angustia, Ricardo?

—Todo.

—Aparte de eso. Desde que me regalaste el perro, me inquieta pensar qué pasaría si yo muriera.

—No pasaría nada.

—¿Qué quieres decir? –dijo sorprendido.

—Que cuando te mueres, dejan de pasar cosas. En ese sentido, los muertos son los que mejor viven.

—Hablo en serio. Me refiero a que si yo faltara, ¿quién cuidaría de él?

En ese momento, Solete levantó la pata y descargó un torrente de orín sobre mi alfombra, como en los viejos tiempos.

12

Reaparecí por el despacho con unas ojeras hasta el suelo. La conversación –por llamarla de algún modo– se había alargado hasta las cuatro de la madrugada. Cada vez que terminaba un tema, Nemesio reavivaba el debate con alguna perla de su repertorio clásico.

«No estoy hecho para la vida», decía. «Pues muérete ya –le había contestado yo–, ¿quién te retiene?». Y volvía a darme la lata con lo del perro, erigido ahora en su anclaje a la vida.

Algo que me molesta de Nemesio –y de los que son como Nemesio– es esa seguridad, casi altiva, de que no les puedes comprender. Por eso te repiten una y otra vez lo mismo.

A este tipo de personas todo les parece una injusticia, y te lo dirán por activa y por pasiva. Ah, y otra cosa: los únicos que son humanos son ellos.

13

Breve glosario de la autoayuda #2

GURÚ - *Los autores que creen lo que dicen en sus libros –y los firman con su nombre– son los más peligrosos. Para empezar, todos los que enseñan a ser felices demuestran ser unos farsantes, porque si hubieran encontrado la fórmula de la felicidad no estarían escribiendo libros, sino gozando de su dicha bajo un puente.*

Para ser un gurú de la autoayuda hay que tener, ante todo, mucha cara. También ayuda ser algo desequilibrado.

Se ha dicho que Dale Carnegie –el de «Deja de preocuparte, empieza a vivir»– acabó suicidándose. Según este rumor, su editorial ha estado ocultando este hecho para seguir vendiendo libros. Es lógico: a nadie le gusta que quien te enseña a vivir salte por la ventana.

14

Estaba a punto de derrumbarme entre los montones de originales cuando el teléfono me devolvió a la vigilia. Esta vez no era un autor cabreado, sino mi exmujer.

—Llamo para recordarte que eres un año más viejo.

—A buena hora, fue ayer.

—No viene de un día cuando se tienen cincuenta y un tacos. ¿Lo celebraste clandestinamente como de costumbre?

—Peor que eso, lo celebré con Nemesio y su perro.

—Cómo me alegro de no haber estado ahí.

—Y yo de que no estuvieras. Ellos solitos se bastaron para arruinarme la noche.

Al colgar, me di cuenta que la conversación me había reanimado. No hay nada como una dosis de mala baba para elevar la adrenalina.

Acto seguido, me dispuse a comprobar el correo electrónico. Tras unas cuantas propuestas de libros imposibles, apareció uno de esos *mails* en cadena que nos dificultan la existencia.

Asunto: «EL QUE ELIMINE ESTE MAIL NO MERECE VIVIR»

Me lo cargué *ipso facto.*

Un cansancio demoledor se había apoderado de mí. Di un sorbo a la taza de té, mientras observaba desde la ventana un gorrión que bebía de un charco.

15

Breve glosario de la autoayuda #3

EDITOR JÚNIOR - *Machaca que prepara y corrige las galeradas. La maquetación de un libro complica bastante las cosas, porque en muchas páginas acaban faltando o sobrando líneas. El trabajo –o problema– del editor es cómo cuadrar esas páginas con palabras vacías. Si dices algo, el autor podría enfadarse.*

El editor aprende a escribir prólogos, libros enteros, sin llegar a decir nada. Cuando ha perfeccionado mucho ese arte, deja de ser «júnior» y se convierte en director de la palabrería hueca de otros. Creo ser todo un especialista en esa labor, tal vez porque he pasado toda mi vida brincando de un vacío al otro, evitando zambullirme en el sentido de las cosas y de la existencia misma.

16

Me escapé un momento de la editorial para ir a comprar el periódico. Es una norma que rige en la redacción: cada uno se hace la cama solo.

Debía andar algo despistado de tanto trasnochar, pues no miré al cruzar la calle y un deportivo casi se me lleva por delante. Frenó en seco chirriando como un demonio.

—¿Estás loco o qué? –gritó la conductora, saliendo del coche.

—Estoy vivo, que ya es mucho. Gracias por frenar.

De nuevo en la redacción, tuve que pensar en el *mail* amenazador que había borrado minutos antes. ¿Puede uno morir por algo tan zafio?

No valía la pena darle más vueltas al asunto. La culpa era de los trillones de bits de información inútil que circulan por el mundo. Vivimos contaminados por toneladas de mensajes que no logramos asimilar, ni falta que hace.

Guillermo Ferrara, nuestro especialista en masaje tantra, me dijo un día: «Se ha calculado que cada persona tiene unos sesenta mil pensamientos al día. ¿Cuántos sirven para avanzar? ¿Cuántos nos frenan? ¿Cuántos nos embotan? Yo me conformaría con tener sólo seis, o incluso menos, si éstos sirvieran para algo».

17

Pasé la tarde como buenamente pude, y a las siete y media me dispuse a cerrar el chiringuito y marcharme a casa. Pero algún dios burlón había decidido que aquella semana yo no merecía descanso. Estaba a punto de salir del despacho, cuando llegó mi hija con un gran paquete cuadrado bajo el brazo.

—¡Hola, dinosaurio! –saludó.

—¿De dónde sales tú ahora?

—¿Qué pasa? ¿No te alegras de verme?

Dicho esto, dejó el voluminoso bulto sobre la mesa y me lanzó una mirada maliciosa.

—¿Qué es? –pregunté–. No será otro perro...

—No digas bobadas, papá. Es tu regalo de cumpleaños.

Intrigado, arranqué el papel de embalar que ocultaba un objeto todavía sin identificar. Cuando logré deshacerme de todo el envoltorio, sentí que se me cortaba el aliento: era un viejo tocadiscos de maleta, amarillo chillón, como el que había tenido de pequeño.

—¿Funciona? –pregunté, tratando de disimular mi emoción.

—Pues claro. Lo he probado en los Encants antes de pagarlo.

Levanté a Edna en volandas, como cuando era una cría, pero me dio una patada para que la bajara.

—No seas sobón.

18

Edna había decidido que celebráramos mi aniversario en un bar del Gaixample, el distrito *homo* de Barcelona. Siempre me he preguntado qué tienen los locales gays que gustan tanto a las chicas.

El caso es que me vi en un antro decorado con rojos y dorados, bebiendo agua con gas mientras mi hija se encasquetaba un tequila con piña.

—¿Cómo puede ser que no tengas amigos? –me preguntó tras vaciar el vaso con una pajita.

—Es una opción personal, como ser gay. Decidí estar solo cuando entendí que mis amigos exigían de mí mucho más de lo que se exigen a ellos mismos.

—Tú siempre tan radical.

—No lo sé. Además, las relaciones humanas son muy complicadas. Hay mucha gente desconfiada.

—¿Qué hay de malo en ser desconfiado?

—Yo desconfío de las personas desconfiadas, porque temen aquello que ellas mismas harían. ¿Entiendes lo que quiero decir?

Pero Edna ya se había puesto en pie, y tiraba de mí mientras ordenaba:

—Vamos a un restaurante chino. Tengo hambre.

19

Mientras veía a mi hija sorber fideos de gamba, acudió a mi mente un doloroso –y algo vulgar– pensamiento: «Pronto vas a ser tan rejodida como tu madre, si es que no lo eres ya». Pero aun así, seguía encontrándola adorable.

Edna hizo desaparecer el último fideo y levantó la mirada:

—Así que vuelves a hacer libros de autoayuda.

—Bueno, para ser precisos, no hacemos autoayuda, sino libros inspiradores.

—¿Cuál es la diferencia?

—Los libros inspiradores se venden peor.

El segundo plato y el postre trascurrieron en un relativo silencio que auguraba tormenta. Antes o después saldría la noticia bomba, el verdadero motivo de aquel encuentro.

20

Tras la cena recalamos en un club «de ambiente», todavía semidesierto a aquella hora. Sentados en un blandísimo sofá de satén, le pregunté:

—¿Cuál es el problema?

Edna se sacó las gafas y exhaló un suspiro. Sus ojazos miopes brillaban a la luz de las velas.

Allí y entonces comprendí que ella había sido y sería el amor de mi vida. Tal vez mal correspondido, porque el hechizo entre una hija y un padre suele romperse tras la adolescencia. Pero la prefería así, con todos sus defectos.

—Es algo difícil de explicar –dijo–. Estoy pasando una crisis geográfica.

—¿Crisis geográfica?

—Por llamarlo de algún modo. Necesito irme de Barcelona, no aguanto más esta ciudad. Pero para viajar necesito una carta con la autorización paterna.

—No me digas eso –dije sintiendo una punzada en el estómago–, ¿dónde quieres ir?

—Todavía no lo he pensado. Cuando acabe los exámenes quiero buscarme la vida en Japón o en Canadá, tal vez en una ONG.

«Una ONG en los países más ricos del mundo», me dije perplejo, pero otra idea me desvió de ese pensamiento:

—Si es ese Jofre quien...

—¡Jofre no tiene nada que ver con esto! –gritó–. Ya no estamos juntos.

—Perdona, quiero decir... explícame mejor esto de la crisis geográfica.

—Siento que esta ciudad me ahoga, me consume.

—Ya, es como el *spleen* de París del que hablaba Baudelaire.

—¿El *spleen*? ¿Qué es eso?

—Una mezcla de melancolía y tedio. Baudelaire decía que París le inspiraba «un tedio teológico, moral, social, existencial y metafísico». ¡Toma ya! O sea, que era mucho peor que tu crisis geográfica, o al menos así lo espero.

—No estamos hablando de lo mismo –me corrigió–. Yo paso de la teología, de la existencia y de la metafísica.

Lo que a mí me mata son estas cuatro calles en las que hago mi vida, todos esos edificios grises que no me dejan ver el cielo. Las aceras estrechas, la gente que te empuja. Me pone supertriste. Creo que Barcelona se me ha hecho pequeña.

—Sé de lo que hablas. Tienes razón, no tiene nada que ver con el *spleen.* Habría que inventar un término para eso. En lenguaje musical, podríamos llamarlo «Barcelona blues».

—Barcelona blues... –repitió entornando los ojos–. Sí, no suena mal.

Ella apuró su segundo tequila con piña, yo empecé mi tercera agua con gas. Tratando de retomar el hilo, le pregunté ingenuamente:

—Pero ¿no querías ir a la universidad?

Como si hubiera pulsado su última resistencia, Edna rompió a llorar desconsoladamente:

—Ya no sé lo que quiero.

21

Breve glosario de la autoayuda #4

HORROR VACUI - *«Miedo al vacío». Angustia que siente el editor al ver un espacio en blanco. Éste será llenado inmediatamente con un recuadro, ilustración, o algún tópico del repertorio clásico. De eso se compone la autoayuda, de puros tópicos: «si quieres, puedes», «menos es más», «vive el momento presente»... conceptos que en un principio estaban bien, pero que se han gastado por el uso. La autoayuda es, en ese sentido, un gran vulgarizador.*

22

—Pareces un muerto viviente –dijo Odelia al verme entrar.

—Exigencias del guión. Creo que se equivocaron al darme este papel. ¿Hay alguna novedad?

—Ha llegado el último manuscrito de Paco Amalfi.

—Que lo vayan maquetando.

—¿No quieres leerlo antes?

—No, he tomado una determinación: a partir de ahora no leeré los libros.

—¿Por qué?

—Porque si los leyera, no los publicaría.

23

Breve glosario de la autoayuda #5

REFRITO - *La madre del cordero. Es de fácil preparación si se cuenta con los ingredientes necesarios, a saber:*

- *3 o más libros de la materia deseada.*
- *Un redactor con sentido común o, en su defecto, un editor júnior.*
- *Un infeliz que firme el contrato y asuma las consecuencias.*
- *Un seudónimo resultón.*
- *Un título pegadizo.*

PREPARACIÓN: *se trocean las obras de referencia, cuanto más pequeño mejor, hasta lograr una masa informe que se repartirá entre los diferentes capítulos del nuevo libro. Debe procurarse que los titulares no coincidan exactamente con sus predecesores. También es conveniente alterar el orden de las materias. La calidad final del refrito varía según la experiencia del cocinero y su habilidad para decir lo mismo con otras palabras. El plato se corona con un título corto e impactante y un subtítulo largo y ambicioso. Sazonar con el seudónimo deseado y servir.*

NOTA: hoy jueves, a las 15:05 exactamente, ha quedado prohibida esta palabra (~~refrito~~) en la redacción. A partir de ahora lo llamaremos «buscar similitudes».

24

A medida que se acercaba el fin de la jornada, me preguntaba qué más podía pasar. Había asumido mi condición de insomne, sólo quedaba saber quién llamaría a la puerta.

Serían las siete de la tarde cuando sonó el móvil. Aunque estaba preparado para todo, al otro lado del teléfono me esperaba una sorpresa mayúscula.

—Ricardo, estoy en la avenida de la Luz.

Por lo absurdo del mensaje y el acento andaluz, supe que era el camarero zen de las Alpujarras. ¿Qué diablos hacía en Barcelona? Eso mismo le pregunté:

—¿Qué diablos haces en Barcelona?

—Vengo sólo para veinticuatro horas. Ha habido un congreso de los budistas Mahayana. ¿Puedo dormir en tu casa?

—Puedes. Déjame acabar una cosa y salgo a buscarte. ¿Dónde has dicho que estás?

—En la avenida de la Luz.

25

Breve glosario de la autoayuda #6

FUSILAR - *En la jerga editorial, apropiarse indebidamente de textos o imágenes. Un buen regimiento de fusileros soluciona muchas cosas y baja los presupuestos. No hay que tener mala conciencia: escribir autoayuda consiste en copiar de uno que a su vez ha copiado de otro, y así hasta los presocráticos –como mínimo–, que ya lo habían dicho todo. Actualmente se usa el término «intertextualidad».*

NOTA PERSONAL: Yo ya copiaba en la escuela, y seguí con esa práctica en mi carrera como editor. Tal vez escogí esta profesión para poder retomar esa entrañable actividad infantil.

26

Al salir me di cuenta de que llovía. Tal vez era eso lo que había hecho refugiarse al camarero zen en la estación de ferrocarriles de plaza Catalunya.

Hacía al menos veinte años que no oía hablar de esa avenida subterránea, los mismos que hace que la cerraron definitivamente. La recuerdo como un túnel mugriento donde había una tienda de fotografía, otra de cursos a distancia, y al fondo un cine «S». Allí vi *El fontanero, su mujer y otras cosas de meter.*

Por la noche, cuando cerraban la estación, pasaba a ser albergue de vagabundos y camorristas. El rockero Loquillo le dedicó incluso una canción. Decía: «Avenida de la luz, el desierto empieza aquí».

Al reformarse la estación, sus vergüenzas quedaron selladas entre dos muros como el sepulcro de un faraón. Así, lo que el camarero zen llamaba «avenida de la Luz» pasó a ser –hasta hace bien poco– el lugar más oscuro de la Tierra.

Era evidente que el hombre hacía tiempo que no visitaba Barcelona. Actualmente, ese espacio mítico está ocupado por una gran perfumería.

27

—Toda una sorpresa, que hayas salido de la cueva –le dije mientras conducía hacia casa.

—De vez en cuando conviene darse un poco de vicio para ser luego un santo.

—Pues yo tengo la impresión de haber vendido el alma al diablo, y a bajo precio.

—¿Por qué?

—He abandonado los libros de salud y vida natural. Ahora hago autoayuda: en teoría es para el bien de la gente, aunque en realidad sea una autoayuda para salvar nuestro propio trasero. Pero háblame del centro de retiro. ¿Cómo está el ambiente por allí?

—Enrarecido, pero a mí no me afecta. Yo me ocupo sólo de las cañerías y los perros.

—¿De los perros también?

—Sí, especialmente de la perra ciega. La que trajeron del Tíbet hace veinte años. Ésa se ha chupado toda la construcción del templo.

—¿Y te da mucho trabajo?

—Demasiado. Hay que hacerle todo: moverla, alimentarla, limpiarla. Me tiene frito. Si por mí fuera, a la perra esa la ponía yo a vender cupones. Se iba a enterar.

28

Llegamos a mi apartamento hacia las nueve. Mi acompañante dejó caer su mochila en el recibidor y empezó a indagar por las habitaciones. Como buen andaluz, mostraba buena disposición hacia la charla. Pero yo ya había tomado una determinación:

—Mira, vamos a hacer algo muy zen. Tú te quedas por la casa a tu aire mientras yo medito durmiendo. No se me puede despertar bajo ningún concepto.

—De acuerdo, jefe.

29

Dormí ininterrumpidamente por espacio de once horas. Me desperté hacia las ocho de la mañana, con la cabeza dolorida como si tuviera un motor en marcha.

Camino al comedor, sentía rugir el motor con más fuerza aún, como si fuera real. Y lo era: pude reconocer el sonido de la lavadora centrifugando a todo gas. El camarero zen dormía en el sofá con una pierna apoyada en el suelo. «Eso es jeta», me dije. Ya estaba a punto de salir, cuando el andaluz abrió un ojo y dijo:

—Ayer noche, mientras dormías, vino una chica de bandera preguntando por ti.

—¿En serio?

—Sí, unos treinta y pocos años, morena con el pelo rizado. Buenísima.

—¿Podría estar en el calendario Pirelli?

—Eso sería mucho decir, pero sí podría salir en el de Recambios Martínez, la empresa de mi suegro.

30

Una corazonada me hizo desviarme de mi ruta natural hasta la editorial. Era viernes y podía permitirme el lujo de llegar un poco tarde, así que di un rodeo para entrar en un viejo escenario: la plaza Boston.

Y, bingo, allí estaba. Nueve meses más tarde, la chica de la maleta volvía a ocupar su lugar. Entre eufórico y desconcertado, me detuve a su lado y saqué la cabeza por la ventana.

—¿Estás bien? –pregunté siguiendo el último guión.

—No podría estar mejor –sonrió.

—¿Quieres que te acerque a algún sitio?

—Acércame a ti.

—De acuerdo –dije.

Y abrí la puerta. Se sentó a mi lado y puse la directa en dirección al mar. Era el primer día de primavera y el primero en siglos que no iba a trabajar.

31

Helena había pasado la noche en la plaza. Así es ella. Por eso, tras regalarme el mejor beso de mi vida, había caído dormida en el asiento. Pero estaba bien. Mi corazón latía como un tamtan, tal vez no hubiera resistido otro beso como aquél.

Mientras bajaba suavemente por la vía Laietana, pensé en la partitura oculta donde tal vez esté escrito el sentido último de todas las cosas.

He descubierto algo: no hay que hacer caso a la música de fondo; de lo que se trata aquí es de saber cuál es el repertorio con el que vamos por la vida, cuáles son los grandes éxitos y las caras B. Hay vidas enteras que suenan como una cara B porque no interesan a nadie, ni al propio intérprete.

Yo había decidido que el mejor disco de Ricardo girara alegremente, como la peonza, hasta el fin.

32

Aparqué junto a la playa de la Barceloneta. Helena dormía dulce como un ángel y preferí no despertarla. Tras cerrar el coche con llave –para que el ángel no volara–, me dirigí hacia el mar.

Dejé los zapatos atrás. Caminaba sobre la arena con la reverencia del náufrago que acaba de hallar la salvación. El sol calentaba el alma de los pocos paseantes que se habían dado cita junto al oleaje.

Anclé mi mirada en el horizonte, tratando de absorber la mañana, el manto marino, la arena bajo mis pies. Tal vez por eso no advertí la llegada de un chico con síndrome de Down, quien tras situarse a mi lado, me preguntó:

—¿Por dónde queda la felicidad? Le señalé con la mano una forma blanca y vaporosa que avanzaba, ágil, mar adentro.

—Sigue esa nube.

«He recorrido el círculo
de muchas encarnaciones
buscando al arquitecto.
Es duro nacer tantas veces.
Arquitecto, al fin te encontré.
Nunca volverás a construir la casa»

SIDDHARTHA GAUTAMA

Índice